Isabella Defano

24 Kurzgeschichten zur Weihnachtszeit

Der de Luca Clan

ISABELLA DEFANO

Der deLuca Clan

24 Kurzgeschichten zur Weihnachtszeit

© 2023 Isabella Defano
Herstellung und Verlag: BoD – Books on Demand, Norderstedt
ISBN: 9783758315435

Bibliografische Informationen der Deutschen Nationalbibliothek:
Die Deutsche Nationalbibliothek verzeichnet diese Publikation in
der Deutschen Nationalbibliografie; detaillierte bibliografische
Daten sind im Internet über dnb.dnb.de abrufbar.

Vorwort

Hi! Ich bin Isabella und schreibe mit meiner Buchreihe „der de Luca Clan" Liebesromane für junge Erwachsene.

Vielleicht hast du bereits Bekanntschaft mit der Familie de Luca gemacht oder du begegnest ihnen *hier das erste Mal. In jedem Fall freue ich mich darauf, dir mit diesem Buch vierundzwanzig kleine Fenster in ihre Welt zu öffnen. Vierundzwanzig Tage, die dich mitnehmen wollen auf eine Reise durch die Adventszeit.*

Also mach es dir gemütlich, nimm dir eine Tasse heißen Kakao oder Tee und genieße die Vorfreude und den Zauber der bevorstehenden Weihnachtstage.

Vorab noch eine Bitte: Wenn dir mein Buch gefallen hat, hinterlasse mir doch eine Rezension auf amazon.de oder lovelybooks.de. Damit hilfst du mir, mehr Bücher dieser Art zu schreiben. Ich wünsche dir eine wundervolle und erfüllte Adventszeit und ein fröhliches Weihnachtsfest.

Deine Isabella Defano

Ps. Abonniere meinen Newsletter, um keine Neuigkeiten zu meinen Büchern mehr zu verpassen und mehrmals im Jahr eine Gratis-Geschichte zu erhalten.

Mehr über mich erfährst du auf meiner Webseite.

Leise

rieselt

der

Schnee

1 Dezember

$\mathcal{L}$arissa stand am Wohnzimmerfenster und beobachtete das winterliche Treiben auf der anderen Seite. Schneeflocken tanzten im Wind und begruben den Garten unter einem weißen Kleid. Ihre beiden Berner Sennenhunde, Domino und Domingo, tollten aufgeregt hin und her und jagten die fallenden Flocken. Und die ersten Eiskristalle bildeten sich an der Fensterscheibe. Ein Lächeln huschte über ihr Gesicht. *Endlich ist der Winter da. Die Mädchen werden begeistert sein.* Seit Tagen warteten ihre Töchter auf den ersten Schnee. Mit jedem Tag wurde ihre Wunschliste länger. Leider bedeutete der Beginn des Dezembers auch, dass wieder ein Jahr zu Ende ging. *Wo ist die Zeit nur geblieben?* Ein Seufzer entfuhr ihr. *Nicht mehr lange und dann ist Weihnachten.* Dabei hatte sie sich für dieses Jahr so viel vorgenommen. *Leider erfolglos, genau wie letztes Jahr.* Sie spürte einen Stich in der Brust. Sie konnte es nicht verstehen, wieso sich ihr größter Wunsch einfach nicht erfüllte.

Bellend kamen die beiden Hunde zum Haus zurück und rissen sie aus ihren Gedanken. Sie ging zur Terrassentür, die zum Garten führte, und öffnete sie. „Na, ihr beiden. Habt ihr genug im Schnee herumgespielt? Hey!" Sie lachte auf, als sich zwei nasse Körper an sie drückten, um sich ins Haus zu drängen. „Nicht so schnell." Sie griff nach dem Handtuch, welches sie vorsorglich über den Heizkörper neben der Glastür gelegt hatte, und rubbelte das Fell und die Pfoten der Tiere trocken. „So, jetzt könnt ihr rein." Sie ging etwas zur Seite und die Hunde stürmten an ihr vorbei in Richtung Küche. Kopfschüttelnd schloss sie die Balkontür und griff nach den jetzt feuchten Handtüchern, um sie ins Badezimmer zu bringen.

„Papa, wach auf."

Raphael drehte sich um und zog sich die Decke über den Kopf. *Bitte nicht.* Er war noch viel zu müde, um aufzustehen. Von seiner Geschäftsreise war er erst um zwei Uhr morgens zurückgekehrt und er fühlte sich wie gerädert.

„Papaaaa."

Erneut hörte er die Stimmen seiner Töchter und spürte, wie sich vier kleine Hände in seinen Rücken bohrten. Er stöhnte auf, rollte sich auf den Rücken und zog die Decke wieder nach unten. *Wir hätten den Mädchen besser keine Kinderbetten kaufen sollen, aus denen sie so schnell herauskommen können.* Er strich sich mit einer Hand über die Stirn und öffnete die Augen. Automatisch schweifte sein Blick über die andere Seite des Bettes. Sie war leer. Sofort war er hell wach und setzte sich im Bett auf. Wie lange hatte er geschlafen?

„Guten Morgen."

Er wandte sich seinen Töchtern zu, die mit offenen Haaren, Schlafanzug und nackten Füßen lächelnd neben seinem Bett standen. „Guten Morgen, ihr zwei." Er versuchte, ein Gähnen zu unterdrücken, was ihm jedoch misslang. „Seid ihr schon lange wach?"

Seine Kinder schüttelten den Kopf und krabbelten zu ihm ins Bett.

Sein Blick fiel auf die Uhr und er runzelte die Stirn. Es war erst kurz nach 7 Uhr.

„Wisst ihr, wo Mama ist?"

„Nein", erwiderte Alexa und schmiegte sich an ihn, während sich Amanda auf seine Beine fallen ließ. „Sie ist aufgesteht."

„Sie ist aufgestanden", korrigierte er sanft seine Tochter und strich ihr mit einer Hand über ihre Haare. „Das sollten wir auch tun." Er schob die Decke bei Seite. „Na los", fügte er hinzu, als sich die Mädchen nicht von der Stelle rührten. „Lasst uns schauen, wo Mama ist."

„Wir möchten noch ein bisschen kuscheln", kicherte Amanda und krabbelte auf ihn.

„Genau", stimmte Alexa ihrer Schwester zu und schmiegte sich noch dichter an ihn.

Er musste schmunzeln. Auch wenn die beiden ihn manchmal in den Wahnsinn trieben, er liebte seine Mädchen. „Ihr wollt also kuscheln?" Mit einer schnellen Bewegung griff er nach den beiden und warf sie neben sich auf das Bett.

Larissa verließ das Badezimmer und wollte gerade wieder nach unten gehen, als sie das laute Gelächter ihrer Töchter aus dem Schlafzimmer hörte. *Verdammt. Ich hatte den Mädchen doch gestern gesagt, sie sollen ihren Vater ausschlafen lassen.* Schnell ging sie hin, um nachzusehen, was sie nun wieder anstellten.

Kaum hatte sie das Zimmer betreten, entdeckte sie ihren Mann, der zwischen den beiden Kindern kniete und sie kitzelte. Lächelnd ging sie näher an das Bett heran. „Ihr seid ja schon wach."

Sofort hörte Raphael auf und wandte sich ihr zu.

„Mama, Mama", riefen die Mädchen, standen auf und stürmten auf sie zu.

Sie öffnete die Arme, um die Mädchen aufzufangen und einen Sturz vom Bett zu verhindern. Abwechselnd gab sie ihnen einen Kuss auf die Stirn.

„Guten Morgen ihr zwei. Habt ihr gut geschlafen?"

Ihre Töchter nickten zustimmend. „Wir haben Papa aufgeweckt", fügte Amanda hinzu.

„Das sehe ich. Dabei solltet ihr ihn eigentlich ausschlafen lassen." Sie sah zu ihrem Mann hin, der inzwischen auf der Bettkante saß und lächelte ihn an. „Lasst Papa erst einmal richtig wach werden", wandte sie sich wieder an ihre Kinder. „Warum geht ihr nicht schon runter ins Wohnzimmer. Ich habe eine Überraschung für euch."

Sofort begannen die Mädchen, auf und ab zu hüpfen. „Was denn?", wollte Alexa wissen.

„Was zum Spielen?", fügte Amanda hinzu.

„Das werdet ihr sehen, wenn ihr unten seid. Aber zieht euch vorher eure Hausschuhe an."

Die Zwillinge rutschten vom Bett und rannten aus dem Zimmer.

„Ich bin mir ziemlich sicher, dass die beiden auf direktem Weg nach unten laufen." Raphael trat neben sie und zog sie zu sich.

„Da könntest du recht haben."

Sie legte ihrem Mann die Arme um den Hals.

„Guten Morgen."

Raphaels Mundwinkel zuckten und er zog sie noch näher an sich heran. „Der Morgen wäre noch schöner gewesen, wenn du beim Aufwachen neben mir gelegen hättest. Wieso bist du denn schon so früh auf?"

Sie zuckte mit den Schultern. „Ich konnte nicht mehr einschlafen."

„Du hättest mich wecken können." Raphael drückte ihr einen Kuss auf die Schläfe.

Ihr wurde plötzlich ganz heiß. Obwohl sie nun, schon seit über 2 Jahren verheiratet waren, hatte er immer noch diese Wirkung auf sie.

„Du brauchtest deinen Schlaf. Ich habe nicht einmal mitbekommen, wann du zu Hause warst."

„Das Einzige, was ich brauchte, bist du."

Raphael beugte sich zu ihr hinunter und küsste sie, weich und bestimmend zugleich. Sofort begann ihr ganzer Körper zu prickeln und sie presste sich an ihn.

„Schnee, Schnee, Schnee."

Die jubelnden Rufe ihrer Töchter beendeten den intimen Moment und holten sie zurück in die Realität. Widerwillig brach sie den Kuss ab und löste sich von ihrem Mann.

„Es hat endlich geschneit", stellte Raphael fest.

Sie nickte. „Und sogar richtig stark", fügte sie leicht außer Atem hinzu. „Wir können uns also auf einen Tag im Freien einstellen."

2 Dezember

*V*or Aufregung hüpfte Amanda hin und her, während Raphael versuchte, ihr ihren roten Schneeanzug mit den quietschbunten Schneeflocken anzuziehen. „Jetzt halt endlich still." Flehend sah er sie an.

„Ich will raus", verkündete seine Tochter mit der Entschlossenheit einer kleinen Herrscherin.

„Ich auch", fügte ihre Zwillingsschwester hinzu, die bereits einen rosa Anzug mit weißen Herzen trug. Ruhig saß sie auf der kleinen Bank neben der Eingangstür und schob ihre kleinen Füße in einen schwarzen Stiefel, den ihre Mutter für sie bereithielt.

„Das könnt ihr", griff Larissa in das Gespräch ein. „Aber vorher müssen wir uns warm anziehen. Also halt endlich still, Amanda, damit Papa dich fertigmachen kann."

Amandas Lippen verzogen sich zu einem Schmollmund und ihre Augen schimmerten feucht. Sie hielt aber still, als er ihr den Anzug über die Beine zog.

Erleichtert seufzte er auf und sah zu seiner Frau hin, die bereits dabei war, bunte Mützen aus dem Schrank zu fischen.

„Keine Ahnung, wie du die beiden jeden Morgen fertigmachst. Ich bin jetzt schon völlig fertig und kann eine Pause gebrauchen. Dabei ist Amanda noch nicht einmal fertig."

Lächelnd kam seine Frau auf ihn zu. „Alles eine Frage der Organisation." Sie reichte ihm eine hellrosafarbige Mütze mit kleinen Fuchsmotiven. „Du hast es gleich geschafft."

„Danke." Er atmete tief durch und wandte sich wieder seiner Tochter zu.

Fünf Minuten später standen sie alle vier, eingepackt mit Mütze, Schal und Handschuhen, an der Eingangstür. Kaum hatte er die Tür geöffnet, rannten die Kinder nach draußen.

„Nicht so schnell", ermahnte er die beiden.

Sie machten jedoch keine Anstalten langsamer zu werden, sondern stürmten in den Garten.

„Amanda! Alexa!"

„Lass sie. Sie hören dir jetzt sowieso nicht zu. Dafür sind sie viel zu aufgeregt."

„Da hast du auch wieder Recht."

Gemeinsam folgten sie den Mädchen in den Garten, der sich über Nacht in eine Winterwunderlandschaft verwandelt hatte. Das Knirschen des Schnees begleitete ihn bei jedem Schritt. Dicke Schneeflocken fielen vom Himmel, die an seinem Mantel und der Mütze hängen blieben. Und jeder Atemzug hinterließ einen Hauch von Nebel.

„Ist das kalt geworden." Larissa ließ seine Hand los und zog sich den Schal noch dichter um den Hals. „Kaum zu glauben, dass wir hier vor zwei Wochen noch einen Grillabend veranstaltet haben."

„Das können wir in der nächsten Zeit wohl vergessen." Lachend zog er sie wieder an sich. „Wenigstens haben die Mädchen Spaß."

Er deutete auf die Kinder, die aufgeregt herumhüpften und mit ihren Stiefeln Fußabdrücke im Schnee hinterließen.

Larissa schmiegte sich an ihn. „Weißt du noch, wie die beiden geschrien haben, als wir sie das erste Mal in den Schnee gesetzt haben? Jetzt können sie kaum genug bekommen." Sie seufzte. „Sie sind so schnell groß geworden."

Er runzelte die Stirn, als er die Traurigkeit in ihrer Stimme hörte, und sah zu ihr hinunter. „Ist alles in Ordnung?"

„Nein", hauchte Larissa so leise, dass sie sich nicht sicher war, ob Raphael sie überhaupt verstanden hatte. Ihr Blick war immer noch auf die Kinder gerichtet. „Die Zeit vergeht einfach zu schnell. Jetzt ist wieder ein Jahr um und ich bin immer noch nicht schwanger. Wieso klappt es nicht?" Mit Tränen in den Augen sah sie zu ihm hoch. „Wir versuchen es nun schon so lange. Angeblich sind wir doch beide gesund."

„Du weißt, was der Arzt gesagt hat, wir sollen uns nicht verrückt machen."

Seufzend lehnte sie ihren Kopf gegen seine Brust. „Das ist leichter gesagt als getan. Ich weiß doch, wie sehr du dir einen Sohn wünscht und …"

„Ja, ich hätte gerne noch ein Kind", unterbrach er sie, bevor sie weitersprechen konnte.

Mit einer Hand berührte er ihr Gesicht, damit sie ihn wieder ansah.

„Und natürlich wäre es schön, dieses Mal von Anfang an dabei zu sein, und alles mitzuerleben, was ich beim ersten Mal verpasst habe. Aber nicht, wenn das bedeutet, dass du dich deshalb so quälst. Ich habe eine wundervolle Frau und zwei bezaubernde Kinder.

Auch ohne ein drittes Kind habe ich schon jetzt mehr, als ich mir jemals erträumt habe."

Ein Lächeln huschte über ihr Gesicht. „Ich liebe dich."

„Ich liebe dich auch". Sanft drückte er seine Lippen auf ihren Mund. „Und daran wird sich nie etwas ändern. Also höre auf, dich wegen eines Babys so verrückt zu machen. Verbringen wir unsere Zeit lieber mit unseren Töchtern, solange sie uns noch dabei haben wollen. Denn wie du schon sagst, sie werden so schnell groß."

„In Ordnung." Ihr Blick fiel wieder auf ihre lachenden Töchter, die aufgeregt herumliefen und sich gegenseitig mit Schnee bewarfen.

Ein Lächeln huschte über ihre Lippen und sie wischte sich mit einer Hand die Tränen aus den Augen. Dann bückte sie sich und formte aus dem Schnee zwei Kugeln, die sie auf ihre Mädchen warf und traf. Sofort drehten sich die beiden zu ihnen um und kamen mit Schnee auf den Handschuhen auf sie zugelaufen. Schnell löste sie sich von ihrem Mann und tat so, als würde sie versuchen, ihnen zu entkommen. Aus den Augenwinkeln sah sie, wie Raphael lachend ihrem Beispiel folgte.

Zwei kleine Hände schlangen sich von hinten um ihr Bein. „Ich hab dich."

„Ich ergebe mich." Sie hob ihre Hände und drehte sich um. „Wollen wir jetzt einen Schneemann bauen?"

„Jaaaa", riefen die Mädchen im Chor.

Aufgeregt hüpfend ließ Amanda Raphaels Bein los und kam zu ihr gelaufen. „Aber einen richtig großen - so groß wie Papa!"

Ihr Blick glitt zu ihrem Mann, der ebenfalls auf sie zukam. „Dann brauchen wir aber richtig viel Schnee." Sie kniete sich hin und formte zwei handgroße Kugeln, die sie vor ihren Töchtern auf den Boden legte. „Die Kugeln müsst ihr jetzt im Garten herumrollen, bis sie richtig groß geworden sind."

Mit leuchtenden Augen und roten Wangen machten sich die Kinder lachend ans Werk. Lächelnd beobachtete sie, wie sich die Mädchen über den Kugeln gebeugt, durch den Garten bewegten. Die mit der Zeit tatsächlich immer größer wurden. *Raphael hat recht, ich kann mich glücklich schätzen.* Ihre Töchter waren gesund und munter, und sie hatte einen Mann, der jederzeit für sie da war.

Im Flockentanz, der Winter bringt,
ein Zauber leise sich durch die Stille schwingt.
Kinder, kichern, in dicken Jacken warm,
formen einen Schneemann von zauberhaftem Charm.

Sie rollen und sie bauen, ihre Wangen rot vor Glück,
aufgeregt bei ihrem frostig-süßen Winterstück.
Mit Knopfaugen, die im Schneegesicht festsitzen,
lässt ihr Freund, die Kälte blitzschnell schwitzen.

Und so steht er, ganz stumm und rund und fein,
herrscht über die weiße Winterpracht nicht klein.
Ein Monument der Kindheit, jeder kennt sein Bild,
der Schneemann, im Garten, als Spiegelbild.

Winter

ist so

schön

3 Dezember

*D*as Klingeln ihres Handys weckte Shana und schlaftrunken wischte sie sich mit einer Hand über die Augen. Das Zimmer war dunkel, die Sonne war noch nicht aufgegangen. Sie sah auf die leuchtenden Zahlen der Digitaluhr und stöhnte auf. Es war erst kurz vor sechs. Ungläubig starrte sie ihr Telefon an. *Wer ist das denn?*

Bevor sie nachsehen konnte, zogen starke Arme sie an einen warmen Körper. Sie erschauerte und ein angenehmes Kribbeln breitete sich in ihrem Magen aus. Sie lächelte und schmiegte sich an ihren Mann. Sie waren fast zwei Jahre zusammen, und noch immer erzeugte er dieses Kribbeln in ihr. Jedes Mal fühlte es sich an wie in ihrer ersten richtigen gemeinsamen Nacht in ihrem Elternhaus. Eine Nacht, an die sie schon nicht mehr geglaubt hatte.

Erneut begann ihr Handy zu klingeln.

„Geh nicht dran", forderte Juan sie auf und verteilte sanfte Küsse auf ihren Nacken.

Sie stöhnte auf. „Vielleicht ist es wichtig."

Er drehte sie zu sich herum und beugte sich über sie. Mit sanfter Hand strich er ihr eine Haarsträhne aus dem Gesicht. „Sie können später noch mal anrufen."

Bevor sie etwas erwidern konnte, beugte er sich zu ihr hinunter, um sie zu küssen. Augenblicklich trat ihre Neugier über den frühen Anrufer in den Hintergrund. Sie schlang ihre Arme um seinen Hals und zog ihn noch näher an sich, während er seine Hand unter ihr Pyjama Oberteil schob.

Wieder war ein Klingeln zu hören. Diesmal war es seins. Juan stöhnte auf, löste sich von ihr und ließ sich zurück auf den Rücken fallen. „Das glaube ich jetzt nicht!" Mit einer Hand griff er nach seinem Handy und sah sich die Nummer an. „Die Fabrik."

„Dann muss es wichtig sein." Sie schaltete das Licht ein und setzte sich auf, während Juan seinen Anrufbeantworter abhörte. Mit jeder Sekunde, die verging, wurde seine Miene ernster und sie runzelte die Stirn. „Ist was passiert?"

„Nichts worüber du dir Sorgen machen musst, es haben sich nur ein paar Leute krankgemeldet."

„Deshalb rufen sie dich so früh am Morgen an?" Sie griff nach ihrem Handy und starrte auf die verpassten Nummern. „Und wieso hat Vanessa mich angerufen?"

„Shana, vergiss es, ich regle das schon." Er schob die Bettdecke zur Seite und stand auf. Kraftvoll schob er eine Schublade auf und holte eine frische Unterhose heraus.

„Gut, wenn du es mir nicht sagen willst, rufe ich Vanessa selbst an."

Sie entsperrte ihr Handy. Bevor sie jedoch auf die Wahlwiederholung drücken konnte, stand Juan neben ihr und riss ihr das Telefon aus der Hand. Ungläubig sah sie ihn an.

„Sag mal, spinnst du. Was soll das?"

„Vanessa wollte wissen, ob du in der Produktion einspringen kannst." Mit angespannter Miene sah er sie an. „Aber das ist nicht nötig. Wir kommen schon klar. Du bist schließlich noch in der Elternzeit."

„Stimmt, und das weiß sie auch. Es muss also ziemlich brennen, wenn sie ausgerechnet mich anruft." Sie stieg ebenfalls aus dem Bett. „Erzähl mir also nicht, ihr bekommt das schon hin. Oder willst du dich selbst an eine Nähmaschine setzen?"

24

„Das ist doch lächerlich." Juan legte ihr Handy auf die Kommode. „Nur weil sich ein paar Leute krankgemeldet haben, bricht nicht gleich die ganze Produktion zusammen. Zur Not stellen wir vorübergehend ein paar Zeitarbeiter ein."

„Wow." Sie sank zurück auf das Bett. „Du lässt also lieber Fremde für dich arbeiten als deine eigene Frau. Das ist gut zu wissen."

„So habe ich das nicht gemeint." Juan stöhnte auf und fuhr sich mit einer Hand durch die Haare. „Aber du musst dich um Juana kümmern. Damit hast du doch schon genug zu tun."

„Schieb es jetzt nicht auf unsere Tochter." Ihre Hände ballten sich zu Fäusten. „Dafür gibt es schließlich die Kinderbetreuung. Es macht ihr bestimmt nichts aus, etwas Zeit dort mit ihren Cousins zu verbringen. Die Wahrheit ist doch, du vertraust mir nicht."

„Das stimmt doch gar nicht. Ich …"

„Ich bitte dich", unterbrach sie ihn.

Sie wusste nicht, was sie mehr verletzte, sein fehlendes Vertrauen oder seine Ausflüchte.

„Seit ich erwähnt habe, dass ich gerne wieder halbtags arbeiten möchte, hast du immer wieder Ausreden gefunden. Wahrscheinlich wäre es dir am liebsten, wenn ich gar nicht in die Fabrik zurückkehre. Doch ich werde Vanessa und die anderen bestimmt nicht hängen lassen."

Sie sprang auf, griff nach ihrem Handy und eilte ins Badezimmer.

„Cara, warte."

Sie bemerkte, dass er ihr folgte. Doch sie schlug ihm die Tür vor der Nase zu und drehte den Schlüssel herum.

„Du musst uns nicht bis zur Kinderbetreuung begleiten. Jetzt ist es nicht ja nicht mehr weit."

Juan schloss die Tür seines Wagens und sah seine Frau mit angespannter Miene an, als sie eine Stunde später vor der de-Luca-Designfabrik standen.

„Hast du dich hier mal umgesehen?"

Mit einer Hand deutete er auf den schneebedeckten Parkplatz. Gestern Abend hatte es einen Schneesturm gegeben, der ganz Dornbirn in eine weiße Winterlandschaft verwandelt hatte, und noch immer fielen dicke Schneeflocken vom Himmel.

„Es wird noch eine Weile dauern, bis hier alles halbwegs geräumt wurde. Bei dem Wetter lasse ich euch bestimmt nicht alleine hier herumwandern."

Er hörte, wie Shana stöhnte, während sie die hintere Wagentür öffnete, um Juana aus dem Kindersitz zu holen.

Gut, vielleicht war er übervorsichtig. Besonders jetzt, da sie sowieso schon nicht so gut auf ihn zu sprechen war. Doch hier ging es um seine Frau und sein Kind.

„Soll ich sie nehmen?" Er deutete auf seine fast einjährige Tochter, die sich in ihrem dicken Schneeanzug kaum bewegen konnte.

„Hältst du mich jetzt auch noch für unfähig, meine eigene Tochter zu tragen? Aber bitte, wenn du unbedingt willst." Sie drückte ihm das Kleinkind in die Hand. „Dann bring doch du Juana in die Kinderbetreuung. Dann kannst du dir sicher sein, dass sie auch dort ankommt." Sie gab ihrer Tochter einen Kuss auf die Wange, dann wandte sie sich ab und eilte in Richtung der Fabrik davon.

„Cara! Jetzt warte doch." Juan sah seiner Frau hinterher. Sie blieb jedoch nicht stehen, sondern ging einfach weiter. „Dannato!", fluchte er. Dieses Mal hatte er es so richtig versaut.

Er sah hinunter zu seiner Tochter, die zu ihm aufsah, und ihn anlächelte. „Mama ist ganz schön sauer auf mich. Hast du eine Idee, wie ich das wieder gutmachen kann?"

4 Dezember

*E*r ist so ein Idiot", schimpfte Shana vor sich hin, während sie auf das Gebäude zuging, das mit seiner Fachwerkhausfassade und den roten Dachziegel eher an einen Gutshof erinnerte, als an eine Design-fabrik. Bis vor wenigen Tagen war hier noch alles mit Kürbissen, bunten Blättern und Trockenblumen ge-schmückt gewesen. Jetzt befanden sich Lichterketten in den zwei kleinen Tannen, neben dem Eingang, und in den Fenstern hingen Weihnachtssterne.

Sie erreichte die Eingangstür, schüttelte sich den Schnee aus den Haaren und eilte hinein. Dabei wäre sie fast in ihre Schwägerin hineingelaufen, die mit einem dicken Ordner in der Hand auf sie zukam.

„Vorsicht!" Ein Lächeln huschte über Ariadnes Gesicht und sie blieb neben ihr stehen. „Du bist aber schnell unterwegs. Was machst du denn hier? Bist du nicht noch in Elternzeit?"

„Vanessa hat mich gebeten, auszuhelfen, nachdem sich zwei der Mädchen krankgemeldet haben. Der Weihnachtsrummel hat jetzt offiziell begonnen. In der Schneiderei wird jede Hand gebraucht. Leider ist Juan alles andere als begeistert. Er hätte lieber Zeitarbeiter eingestellt, weil ich ja so viel mit Juana zu tun habe."

Ariadne runzelte die Stirn und sah sie eindringlich an. „Ist alles in Ordnung bei euch?"

„Wenn ich das nur wüsste." Sie lehnte sich gegen die Wand. „Ich habe keine Ahnung, was mit ihm los ist. In einem Moment ist alles in Ordnung und wir können kaum die Finger voneinander lassen. Im Nächsten tut er so, als könnte man mir nicht vertrauen. Was mich wieder an unsere Anfangszeit erinnert, wo er ständig nach Fehlern gesucht hat, um mich rauszuschmeißen. Oder er ist total überängstlich und will Juana und mich am liebsten zu Hause einsperren. Gerade wollte er mich die Kleine nicht einmal allein zur Kinderbetreuung bringen lassen."

„Hast du schon versucht, mit ihm darüber zu sprechen?"

„Sicher. Ich habe ihm sogar geraten, eine Therapie zu machen. Aber er will nichts davon hören. Ich kann ihn ja verstehen", fügte sie seufzend hinzu. „Er hat nach dem Tod seiner ersten Frau viel durchgemacht. Doch ich weiß nicht, wie lange ich das noch ertragen kann. Ich mache mir Sorgen um meine Tochter. Wenn er so weitermacht, wird sie noch total überängstlich."

„Soll ich mal mit Joel reden? Vielleicht schafft er es, seinen Bruder davon zu überzeugen, sich Hilfe zu holen."

„Von mir aus kann er es gerne versuchen. Noch schlimmer als jetzt kann es nicht mehr werden."

Juan übergab seine Tochter an die Kinderbetreuung, die in einem der erst letztes Jahr fertiggestellten Gebäude auf dem Firmengelände untergebracht war, und machte sich auf den Weg zu seinem Büro. Noch immer hatte er keine Ahnung, wie er das mit Shana wiedergutmachen sollte. Seit Juanas Geburt wurde seine Angst, ihnen könnte etwas passieren, immer schlimmer. Erst gestern Abend hatte er in den Nachrichten von einer Frau gehört, die im Schneesturm die Kontrolle über ihren Wagen verloren hatte und nun schwer verletzt im Krankenhaus lag. *Wieso musste Vanessa auch ausgerechnet heute anrufen?* Er strich sich mit einer Hand durch sein dunkles Haar. Wenn sie nicht gewesen wäre, dann wären die beiden jetzt sicher in seinem Haus. Doch im Grunde wusste er, dass er sich damit nur selbst belog. *Vielleicht brauche ich wirklich Hilfe.* Auch wenn sich bei ihm bei der Vorstellung, sein Leben vor einer völlig fremden Person ausbreiten zu müssen, der Magen umdrehte.

Er verließ das Gebäude und war kaum aus der Tür getreten, da traf ihn etwas Hartes an der Schulter und etwas Nasses im Gesicht. Mitten in der Bewegung blieb er stehen und sah an sich hinunter. *Schnee.* Hatte ihn gerade jemand mit einem Schneeball beworfen? Mit dem Ärmel seines Mantels wischte er sich den Schnee von der Wange und sah sich um. Nur wenige Meter von ihm entfernt entdeckte er seinen Bruder, der ihn belustigt ansah.

„Warst du das?" Er deutete auf seine Schulter. Joel lachte nur und warf einen weiteren Ball in seine Richtung. Ein schneller Schritt nach links verhinderte, dass er erneut getroffen wurde. „Was soll das? Bist du verrückt." Für so etwas waren sie nun wirklich zu alt.

„Was ist los, großer Bruder? Hast du Angst, dass du nicht mehr richtig werfen kannst?"

Joel holte erneut aus und ihm wurde klar, dass sein um fünf Minuten jüngerer Bruder nicht so einfach aufhören würde. *Das ist doch verrückt. Wir sind keine kleinen Kinder mehr.* Aber er konnte seinen Spott auch nicht einfach auf sich sitzen lassen. *Angst, von wegen.* Er würde es ihm schon zeigen. Ohne zu zögern, bückte er sich, und im nächsten Moment befand er sich mitten in einer Schneeballschlacht.

Wie zwei kleine Jungs bewarfen sie sich mit festen Schneebällen. Er traf seinen Bruder am Rücken, während Joel ein Glückstreffer an seinem Bein gelang. Immer weiter entfernten sie sich vom Eingang der Filiale. Mitarbeiter, die gerade zur Arbeit kamen, blieben in sicherer Entfernung stehen und feuerten sie an. Schon lange hatte er nicht mehr so viel Spaß gehabt.

Erneut wurde er von einem Ball getroffen, dieses Mal am Oberarm. Schnell formte er den nächsten, warf und traf. Jedoch nicht wie geplant seinen Bruder, sondern eine junge Frau mit rotblonden Haaren, die plötzlich neben Joel aufgetaucht war.

„Sag mal, spinnst du?"

Zornig funkelte seine Schwester ihn an.

„Scusa!" Er ging auf Jade zu. „Der war eigentlich für Joel bestimmt."

„Wie alt seid ihr beide? Zwölf? Habt ihr nichts Besseres zu tun, als euch wie kleine Kinder zu benehmen und hier draußen im Schnee zu spielen? Ihr seid doch …"

Weiter kam sie nicht. Ein Schneeball traf sie mitten auf der Brust.

Ungläubig drehte er sich zu seinem Bruder um, der lautstark lachte, und seine Mundwinkel zuckten.

„Das ist nicht witzig", rief Jade Joel zu. „Ihr spinnt doch, alle beide."

„Ach wirklich? Was ist großer Bruder, wollen wir das wirklich auf uns sitzen lassen?"

Shana wollte sich gerade verabschieden, um an ihren Arbeitsplatz zu gehen, als Jade durch die Tür hereingestürmt kam.

„Was ist denn mit dir passiert?", wollte Ariadne belustigt wissen. „Du siehst aus wie ein Streusekuchen."

Überall an Jades Kleidung befanden sich Reste von Schnee. Sogar an ihrer Wollmütze und den Beinen.

„Sehr witzig, das habe ich euren Männern zu verdanken."

„Unseren Männern?" Ungläubig starrte sie ihre Schwägerin an. „Ist das dein Ernst? Gut, bei Joel würde es mich nicht wunder. Sorry Aria, aber dein Mann ist manchmal ein richtiger Kindskopf."

„Was ich nicht leugnen kann", fügte Ariadne grinsend hinzu.

„Aber Juan?" Er hatte bisher auf sie nicht den Eindruck gemacht, als wäre er für solche Späße zu haben. „Das muss ich mir ansehen."

„Davon kann ich dir nur abraten. Außer du willst von den beiden auch mit Schneebällen beworfen werden."

Sie zuckte mit den Schultern und ging nach draußen. Sie musste sich mit eigenen Augen von Jades Geschichte überzeugen. Kaum hatte sie die Tür geöffnet, sah sie die beiden Männer auf sie zukommen. Auch ihre Kleidung war mit Schneeresten überzogen. Ihre Gesichter waren gerötet und sie schienen außer Atem zu sein. Überrascht blieb sie stehen. So hatte sie Juan noch nie gesehen.

„Ciao, Shana", begrüßte Joel sie. Er blieb aber nicht stehen, sondern ging an ihr vorbei ins Gebäude hinein.

„Habt ihr Jade wirklich mit Schneebällen beworfen?", wollte sie von ihrem Mann wissen.

Ein Lächeln huschte über Juans Gesicht und er zog sie an sich. „Joel hat damit angefangen." Dann wurde seine Miene wieder ernst. „Cara, es tut mir leid. Ich wollte dich mit meinem Verhalten nicht verletzen. Im Moment erkenne ich mich selbst nicht mehr wieder. Natürlich vertraue ich dir und von mir aus kannst du in der Produktion so lange arbeiten, wie du möchtest. Nur ich spüre jeden Tag diesen Druck in mir. Diese Angst, euch beide könnte etwas passieren."

„Das verstehe ich ja."

Sie legte ihre Hände auf seine Brust.

„Aber wir können so nicht weiter machen."

„Ich weiß, und ich werde mir Hilfe suchen. Das verspreche ich dir. Ich will dich nicht verlieren."

Erleichtert schlang sie ihm die Arme um den Hals.

„Das wirst du nicht. Egal, was passiert. Ich bin für dich da."

Tauche ein in die weihnachtliche Herausforderung, spüre jeder Linie nach und lüfte die Verstecke der zehn festlichen Wörter. Möge die Suche dir Freude bereiten und dein Herz im Takt der Weihnachtszeit höher schlagen lassen.

W	E	I	H	N	A	C	H	T	E	N	E	I	T	R
B	N	R	A	E	N	G	E	L	M	I	Q	U	X	L
A	F	E	K	M	O	T	I	V	C	W	H	E	K	W
P	S	L	U	W	E	I	H	A	C	H	T	S	E	A
L	K	I	I	A	N	I	R	N	I	F	H	V	R	D
Ä	E	P	L	E	B	K	U	C	H	E	N	S	Z	V
T	O	G	L	Ü	H	W	E	I	N	E	Z	I	E	E
Z	V	G	A	K	O	I	E	I	A	U	N	R	N	N
C	E	S	E	Q	E	X	R	G	W	J	I	K	W	T
H	A	G	E	S	C	H	E	N	K	E	K	F	F	S
E	N	I	B	R	E	Z	I	L	G	N	O	K	N	K
N	I	F	E	S	X	N	S	N	I	P	L	R	K	R
L	E	N	B	G	R	N	K	T	T	Y	A	B	K	A
S	T	I	L	L	E	N	A	C	H	T	U	H	E	N
H	R	U	N	D	K	R	N	O	T	I	S	X	E	Z

Fröhlich
leuchten
die Lichter

5 Dezember

*M*anuela blieb an der Kellertür stehen, die in einen großen Raum mit Steinwänden führte. Laute Musik dröhnte ihr entgegen, die schon auf der Treppe gedämpft zu hören gewesen war.

„Wow, ist das voll hier!" Ihre Freundin Janina ließ ihren Blick über die anderen Studenten schweifen. „Es sieht so aus, als sei die ganze Uni hier, oder zumindest alle aus unserem Jahrgang."

„Sieht ganz so aus. Aber was hast du erwartet? Niemand lässt sich eine Party von Chris entgehen." Chris Hofmann war unter den Studenten beliebt. Nicht nur, weil seine Mutter Professorin an ihrer Uni in

München war, sondern weil er es irgendwie schaffte, alle mit seiner lockeren und direkten Art für sich einzunehmen.

„Egal, wir müssen ja nicht lange bleiben. Hauptsache, wir kommen ein bisschen auf andere Gedanken. Die letzten Klausuren waren ziemlich heftig."

„Da hast du Recht. Ich bin froh, wenn dieses Semester vorbei ist." Janina wechselte das Thema und deutete auf einen freien Tisch. „Schau mal, da hinten ist noch ein Platz frei. Lass uns hingehen, bevor uns jemand zuvorkommt."

„In Ordnung geh schon mal hin, ich hole uns was zu trinken."

Sie sah ihrer Freundin kurz hinterher, wie sie in Richtung des freien Tisches verschwand, dann bahnte sie sich einen Weg auf die andere Seite, wo sich auf einem Tisch mehrere große Behälter und Becher befanden.

Es war alles andere als einfach. Immer wieder musste sie Pärchen ausweichen, die in der Mitte tanzten oder Männern einen Korb geben, die sie zum Tanzen einluden. Als sie schließlich die andere Seite erreicht hatte, atmete sie erleichtert auf und betrachtete das Angebot. Neben Bier und Glühwein wurden auch Tee und Kakao angeboten, und sie entschied sich für Letzteres, denn sie wollte an diesem Ort einen klaren Kopf behalten.

Beladen mit zwei Pappbechern machte sie sich

auf den Rückweg. Dieses Mal um die Tanzfläche herum. Vorbei an Leuten, die in Gruppen zusammenstanden, und sich unterhielten.

Sie hatte ihre Freundin fast erreicht, als ein dunkelhaariger Mann einen Schritt rückwärts machte und mit ihr zusammenstieß. Vor Schreck ließ sie die Becher los, die mit einem dumpfen Geräusch zu Boden fielen. Heißer Kakao spritze auf ihre Hose und Schuhe und der Rest der Flüssigkeit verteilte sich über den Boden. Fluchend kniete sie sich hin, um die nun leeren Becher aufzuheben.

„Hey. Pass doch auf", hörte sie über sich eine tiefe Männerstimme.

Ruckartig stand sie auf. Das sollte doch wohl ein Scherz sein! „Ich bin nicht diejenige, die hier nicht aufgepasst hat. Woher hätte ich wissen sollen, dass du plötzlich rückwärts gehst?"

„Sorry, du hast ja Recht. Ist echt blöd gelaufen. Ich hoffe, du nimmst es mir nicht übel. Ich bin Chris." Er streckte ihr die Hand entgegen. „Und wie heißt du?"

Schweigend sah sie zu ihm auf. Seinen Namen hätte er ihr nicht nennen müssen. Chris Hofmann. Natürlich hatte sie ihn sofort erkannt. Schon öfter waren sie sich in der Universität begegnet. Im ersten Jahr hatten sie sogar einige gemeinsame Kurse besucht. Beachtet hatte er sie aber noch nie.

„Ist alles in Ordnung?"

Seine Worte rissen sie aus ihren Gedanken. „Manuela", beantwortete sie seine erste Frage und legte ihre Hand in seine. Sie spürte einen Stich in der Magengegend, als sich ihre Handflächen berührten, und zog ihre Hand zurück. *Was ist nur los mit mir?* Sie sollte von hier verschwinden, bevor sie sich noch mehr in Verlegenheit brachte. „Entschuldige mich bitte, ich muss meiner Freundin und mir etwas Neues zu trinken holen."

Sie wandte sich ab und wollte zurück zum Getränketisch gehen, doch eine warme Hand auf ihrem Unterarm hielt sie zurück.

„Jetzt warte Mal. Das mit dem Zusammenstoß tut mir wirklich leid. Lass mich wenigstens als Wiedergutmachung die Getränke holen."

„Danke, aber das ist nicht notwendig. Ich komme schon klar. Deine Freunde warten bestimmt schon auf dich." Sie deutete auf die Gruppe von Männern und Frauen, mit denen er sich bis vor kurzem noch Unterhalten hatten, und die ihr im Moment neugierige Blicke zuwarfen.

Chris zuckte nur mit den Schultern und ging voran.

Ungläubig starrte sie ihm hinterher. Er schien es tatsächlich erst zu meinen. *Aber warum? Gut, wir besuchen die gleiche Uni. Aber im Grunde leben wir in zwei völlig unterschiedlichen Welten.* Er war der charmante Fußballspieler, der gerne Feierte und seine Zeit mit möglichst vielen Leuten verbrachte. Sie, die Studentin aus Österreich, die sich oft stundenlang in der Bibliothek aufhielt oder zuhause mit Lernen beschäftigt war, um ihr Studium so schnell wie möglich abzuschließen.

Kopfschüttelnd folgte sie ihm und hatte ihn nach wenigen Schritten eingeholt. Sie liefen nebeneinander her, als wäre es das Normalste der Welt. „Hör mal, ich kann mir den Kakao wirklich selbst holen. Ich …" Ohne Vorwarnung nahm er plötzlich ihren Arm und zog sie in Richtung einer Tür, die sie bisher noch gar nicht bemerkt hatte. „Hey. Was soll das?" Sie versuchte, sich loszureißen, aber er war stärker. Die laute Musik übertönte ihre Stimme, als sie versuchte, andere auf sich aufmerksam zu machen. Und so fand sie sich kurze Zeit später in einem Flur wieder, der zu zwei anderen Kellerräumen führte.

„Sag mal, spinnst du?" Noch einmal versuchte sie sich, aus seinem Griff zu befreien. Dieses Mal ließ er sie los.

„Tut mir leid. Ich wollte einfach in Ruhe mit dir reden."

„Und dafür zerrst du mich von der Party weg. Du bist doch nicht ganz dicht."

„Hättest du denn mit mir gesprochen, wenn ich dich gefragt hätte? Wahrscheinlich nicht. Du wolltest dir ja von mir nicht einmal etwas zu trinken holen lassen. Ich versuche schon länger, mit dir ins Gespräch zu kommen. Seit ich dich damals in diesem schwarzen Kleid auf meiner ersten Studentenparty gesehen habe. Doch du bist mir immer aus dem Weg gegangen."

Ungläubig starrte sie ihn an. „Dann bist du absichtlich in mich hineingelaufen? Nur um mit mir zu sprechen?" Er konnte sich sogar noch daran erinnern, was sie damals getragen hatte. Dabei war diese Party inzwischen fast zwei Jahre her. Sie wusste nicht, was sie dazu sagen sollte.

„Es war eine blöde Idee, aber etwas Besseres fiel mir nicht ein. Ich hoffe, du nimmst es mir nicht übel. Ich möchte dich gerne kennenlernen. Vielleicht hast du ja Lust, mich auf den Weihnachtsball zu begleiten."

„Du willst mit mir da hingehen? Ich dachte, du gehst mit Kathy." Soweit sie wusste, hatte sich Kathy dafür sogar extra ein Kleid anfertigen lassen. *Oder war es Conny?* Keine Ahnung. Sie hatte ihn noch nie für längere Zeit mit ein und demselben Mädchen zusammen gesehen. Im Gegenteil, er schien seine Frauen schneller zu wechseln, als sie zählen konnte.

Die Erinnerung daran fegte wie ein eiskalter Sturm durch ihren Körper und ließ sie einige Schritte zurückweichen. Wollte er sie mit seinen Worten nur rumkriegen, um sie seiner Liste an Eroberungen hinzuzufügen?

„Kathy? Wie kommst du denn darauf?" Er war sichtlich verwirrt. „Ich habe sie ein paar Mal getroffen, weil sie mir bei einer Hausarbeit geholfen hat. Aber mehr war nie zwischen uns. Ich habe sie auch nicht eingeladen. Ehrlich gesagt, bin ich schon lange mit niemandem mehr zusammen gewesen. Nicht seit ich dich damals getroffen habe."

„Das soll ich dir glauben!" Sie schüttelte den Kopf. „Und was ist mit den Frauen, mit denen man dich in der Uni ständig sieht?"

„Dann hast du mich also beobachtet?"

Sie verdrehte die Augen und ging zur Tür.

„Warte." Er griff wieder nach ihrem Arm. „Die meisten von ihnen sind auf mich zugekommen. Wir haben uns nett unterhalten, ich habe sie auf meine Party eingeladen und das war's. Die anderen gehören zu meiner Clique und wir hängen öfter miteinander ab, aber mit ihnen ist nie etwas gelaufen."

„Im Ernst, ich weiß nicht, was ich sagen soll."

„Klar, die ganze Sache muss dir ja ziemlich schräg vorkommen." Er ließ sie los und strich sich mit einer Hand durch sein Haar. „Denk einfach in Ruhe darüber nach. Wir können uns auch in der Mensa oder im Café treffen, wenn dir das lieber ist."

Ihr Blick glitt zur Tür, dann atmete sie tief durch. *Warum eigentlich nicht?* Viel zu oft hatte sie in der

Vergangenheit an ihn gedacht und in der Uni die Augen nach ihm offengehalten. Hatte sich eingeredet, es wäre ihr egal, dass er ständig mit einer anderen zusammen war und sie nicht beachtete. Vielleicht konnte sie so endlich über ihn hinweg kommen. Oder sie bekam die Chance, dass aus ihren Träumen etwas Echtes wurde.

Bevor sie jedoch etwas erwidern konnte, ging die Kellertür auf und Janina kam herein.

„Ist alles in Ordnung? Ich habe gesehen, wie er dich hier reingezogen hat."

Sie nickte. „Er wollte nur kurz mit mir sprechen", beruhigte sie ihre Freundin und wandte sich wieder Chris zu. „In Ordnung, wieso nicht? Wir können gerne nächste Woche in der Mensa essen und uns besser kennenlernen."

Seine Lippen verzogen sich zu einem Lächeln. „Wirklich? Das wäre toll." Dann wechselte er das Thema. „Hast du Lust zu tanzen?" Er hielt ihr seine Hand hin.

Ihr Blick glitt von Chris zu ihrer Freundin, die immer noch in der offenen Tür stand.

„Mach ruhig, ich komme schon klar." Sie ging ein paar Schritte zur Seite, um sie durchzulassen.

Ohne ein weiteres Wort zu sagen, griff Chris nach ihrer Hand und zog sie an den anderen Studenten vorbei in Richtung Tanzfläche.

Romantik

bei

heißem

Kakao

6 Dezember

*L*angsam öffnete Diana die Augen und streckte sich unter der warmen Decke aus. Regen prasselte gegen die Fenster und die Sonne war noch nicht aufgegangen. Sie spürte hinter sich, Levins warmen Körper und seinen Atem an ihrem Hals. Ein Lächeln huschte über ihr Gesicht. Sie liebte es, am Morgen so in seinen Armen zu erwachen. Es war die richtige Entscheidung gewesen, ihr WG-Zimmer aufzugeben und hier einzuziehen.

Levin murmelte etwas im Schlaf, ließ sich los und drehte sich auf den Rücken. Mit ihm verschwand die Wärme, und ihr Körper fröstelte. Erst jetzt fiel ihr auf, wie kalt es im Zimmer geworden war. Ihr Blick glitt zur Uhr und sie stöhnte leise auf. Es war noch viel zu früh, um aufzustehen. Sie drehte sich um und kuschelte sich an ihren Freund. Seufzend schloss sie wieder die Augen.

Ein Arm legte sich um sie und sie spürte einen Kuss an ihrer Schläfe. Sie blinzelte und sah zu ihm hoch. Nur schemenhaft konnte sie ihn in der Dunkelheit ausmachen. „Wie lange bist du schon wach?"

„Schon eine Weile." Er zog sie noch dichter an sich. „Der Regen hat mich aufgeweckt und ich konnte nicht mehr einschlafen." Seine Brust hob und senkte sich, als er tief einatmete. „Ich fürchte, Dean wird ziemlich enttäuscht sein. Er hat sich so sehr gewünscht, dass es anfängt zu schneien."

„Er bekommt seinen Schnee schon noch. Spätestens dann, wenn wir über Weihnachten zu meinen Verwandten nach Österreich fahren. Die haben dort schon jetzt mehr als genug."

„Stimmt", erwiderte er belustigt. „Und sie lieben es, damit anzugeben. Deshalb schicken sie uns auch ständig diese Videos, wo sie Schneemänner bauen, oder Ski fahren."

Sie konnte sich ein Grinsen nicht verkneifen. „Sie wollen für Vorfreude sorgen."

„Ach was. Bei unserem Glück wird es zwei Tage vorher anfangen, zu regnen, und bis wir da sind, ist der ganze Schnee verschwunden."

Sie stupste ihn mit einer Hand in die Seite. „Sei nicht so pessimistisch."

Ohne Vorwarnung drehte er sie auf den Rücken und beugte sich über sie. „Wir werden ja sehen, wer Recht hat."

Mit einer Hand schob er ihr sein T-Shirt nach oben, das sie zum Schlafen getragen hatte, und strich mit einem Finger über ihren nackten Bauch. Sie keuchte auf. Allein diese kurze Berührung reichte aus, um ein Kribbeln in ihrem Bauch auszulösen. Mit wild pochendem Herzen legte sie ihm ihre Hände um den Hals und zog ihn zu sich herunter. Im nächsten Moment berührten sie seine Lippen, und der Geruch nach Minze stieg ihr in die Nase.

Ein leises Klopfen an der Tür brachte Levin aus dem Konzept, und er rollte sich von Diana herunter. „Hast du das gehört?"

Sie nickte, und er stand auf, um die Tür zu öffnen. Er kam aber nicht weit. Noch bevor er sie erreichte, ging sie auf und sein Sohn kam barfuß ins Zimmer. Er hatte seinen Kuschel-Elefanten dicht an sich gepresst.

„Hey Dad. Hey Diana. Ihr seid ja schon wach." Er lief an seinen Vater vorbei und sprang auf das Bett. „Heute kommt der Nikolaus."

Seine Lippen verzogen sich zu einem Lächeln, als

er das Funkeln in Deans Augen sah. Es war nicht zu übersehen, wie sehr der Junge diesen Tag liebte.

Er schloss die Tür und ging zurück zum Bett. „Es ist erst kurz nach fünf Uhr morgens", stellte er nach einem Blick auf die Uhr fest. „Wieso bist du schon so früh wach? Sonst dauert es immer ewig, dich aus dem Bett zu bekommen."

Dean kuschelte sich an Diana und ließ sich von ihr zudecken. „Ich wollte nachschauen, was mir der Nikolaus gebracht hat. Da habe ich eure Stimmen gehört. Können wir gemeinsam runtergehen?"

Erwartungsvoll sah er zwischen Diana und ihm hin und her.

„Erst ziehen wir uns an. Du wirst dich noch erkälten, wenn du weiter barfuß über den kalten Fußboden läufst."

„Och nö", maulte Dean. Seine Lippen verzogen sich zu einem Schmollmund, und er verschränkte die Arme vor seiner Brust.

Nur mit Mühe konnte er sich ein Lachen verkneifen.

„Je schneller du dich anziehst, umso schneller können wir runtergehen", versuchte Diana seinen Sohn zu überzeugen.

„Na gut", stimmte er seufzend zu. Er schob die Decke weg und rutschte vom Bett. „Ihr beeilt euch aber, ja?"

„Versprochen", versicherte er und wirbelte ihn mit

einer Hand durchs Haar. „Jetzt geh schon." Er öffnete die Tür und sah belustigt zu, wie sein Sohn zurück in sein Kinderzimmer eilte. Kopfschüttelnd ließ er die Tür zurück ins Schloss fallen. „So schnell habe ich ihn schon lange nicht mehr rennen sehen."

Er wandte sich Diana wieder zu, die gerade aus dem Bett stieg. Sein T-Shirt war ihr viel zu groß. Immer wieder rutschte es ihr von den Schultern, sodass er einen Blick auf ihre Brüste erhaschte. Er keuchte auf, als er spürte, wie sein Körper auf ihren Anblick reagierte. *Das macht sie doch mit Absicht, um mich zu quälen.* Sie ging zu ihrer Seite des Kleiderschranks, holte eine dunkle Stoffhose und einen roten Wollpullover heraus, und warf sie auf das Bett. Seine Augen folgten ihr bei jedem Schritt. Auch als sie nach dem T-Shirt griff und es sich über den Kopf zog, und nun nackt vor ihm stand.

Diana bückte sich, um Slip und BH aus der Kommode zu holen, als Levin ihr von hinten die Arme um die Taille schlang und sie an sich zog.

„Levin? Was soll das? Wir müssen uns fertig machen." Ihre Stimme klang erschrocken und belustigt zu gleich.

„Wie soll ich mich aufs Anziehen konzentrieren, wenn du so vor mir herumläufst?" Er drehte sie zu sich herum und drückte sie gegen die Schranktür.

„Dafür haben wir keine Zeit", erinnerte sie ihn, während ihr Körper bei seinen Berührungen erschauerte. „Oder willst du riskieren, dass Dean gleich wieder in der Tür steht und uns erwischt?"

Die Erinnerung an seinen Sohn schien auf ihn wie eine kalte Dusche zu wirken, denn er ließ sie sofort los. „Du hast recht. Wir holen das später nach." Er drückte ihr einen Kuss auf die Lippen, bevor er sich abwandte und zu seinem Schrank ging. Wahllos holte er einige Sachen heraus und ging zur Tür. „Ich ziehe mich bei Dean an und schaue, dass er fertig wird."

Diana lachte. Er sah sie nicht einmal mehr an. So als hätte er Angst, sonst die Kontrolle über sich zu verlieren. „Gut, dann kümmere ich mich ums Frühstück."

Obwohl sie nicht getrödelt hatten, dauerte es fast eine halbe Stunde, bis Levin mit Dean so weit fertig war, dass sie die Treppe hinunter gehen konnten. Sein Sohn konnte seine Aufregung nicht verbergen und eilte voran.

„Nicht so schnell", ermahnte er ihn. Doch dieser hatte den Fuß der Treppe bereits erreicht und rannte in Richtung Wohnzimmer. Seine Mundwinkel zuckten. Er konnte Dean nicht wirklich böse sein. In seinem Alter war er ganz genauso gewesen.

Als er das Wohnzimmer erreichte, blieb er mitten in der Bewegung stehen, als er sah, was Diana in der kurzen Zeit geschafft hatte. *Sie ist doch verrückt.* Das ganze Zimmer war in ein warmes, gemütliches Licht getaucht. Im Kamin prasselte ein Feuer. Der Tisch war mit einer Tischdecke, auf der sich viele verschiedene Weihnachtsmotive befanden, gedeckt und duftenden Kerzen verziert. Nur seine Freundin war nirgendwo zu sehen.

„Guck mal, Dad, was mir der Nikolaus gebracht hat." Dean kam auf ihn zugelaufen und zeigte ihm stolz den Schokoladenweihnachtsmann und die neue Toni-Figur von Paw Patrol, die er sich gewünscht hatte. Er drückte die Geschenke seinem Vater in die Hand. „Ich hole schnell meine Toni-Box, dann kann ich sie mir anhören."

„Dean, warte", rief er ihm hinterher, doch er war bereits aus dem Zimmer verschwunden.

„Sieht so aus, als hätte der Nikolaus genau das Richtige mitgebracht." Mit einem Korb Brötchen in der Hand, die noch leicht dampften, kam sie auf ihn zu.

„Da hast du recht. Aber du hättest dir nicht so viel Mühe machen müssen. Wir müssen sowieso bald los."

Diana zuckte die Schultern. „Ich wollte, dass Dean einen schönen Tag hat. Wenn wir ihm schon seinen Wunsch nach Schnee nicht erfüllen können. Außerdem sind wir heute so früh aufgestanden, dass wir noch genug Zeit haben, um in Ruhe zu frühstücken."

Leise

flüstert

der

Wind

7 Dezember

*J*essica ließ ihren Blick über die schneebedeckte Landschaft schweifen, die auf der anderen
Seite des Autos vorbeizog, und runzelte die Stirn. Sie
hatten das letzte Dorf schon eine Weile hinter sich
gelassen. Hier gab es nur noch Berge und hohe Tannen, die immer dichter beieinanderstanden. Seit zwan-
zig Minuten war ihnen kein anderes Auto mehr begegnet. Inzwischen wusste sie nicht einmal mehr, wo sie
waren. „Bist du sicher, dass wir hier richtig sind?",
fragte sie ihren Mann. Er hatte ihr ein erholsames
verlängertes Wochenende versprochen, um ihren Geburtstag zu feiern. Jetzt, nachdem die meisten Arbei-

ten auf dem Gutshof seiner Familie abgeschlossen waren und sie wieder etwas durchatmen konnten. Aber von einem Wellnesshotel war weit und breit nichts zu sehen.

„Keine Sorge, wir sind gleich da." Christian sah kurz zu ihr, bevor er sich wieder auf die Straße konzentrierte. „Es wird dir gefallen. Claas hat es mir empfohlen. Er meinte, es wäre der perfekte Ort, um in Ruhe auszuspannen."

Sie konnte sich ein Lächeln nicht verkneifen. „Wenn er das sagt." Ihr Großvater war ein absoluter Naturliebhaber. Seit er im Ruhestand war, liebten es ihre Großeltern, an die abgelegensten Orte zu reisen. *Kein Wunder, dass dieses Hotel irgendwo mitten im Wald liegt.*

„Das ist kein Hotel", stellte sie fest, als Christian zehn Minuten später den Wagen zum Stehen brachte. Das Bild, das sich ihr bot, wirkte wie aus einer Weihnachtspostkarte ausgeschnitten. Hohe Tannen, deren Äste sich unter dem Gewicht des Schnees bogen, hinter denen mehrere schneebedeckte Berge hervorschauten. Und eine alte heruntergekommene Holzhütte, die aussah, als wäre sie schon seit langem von niemandem mehr betreten worden. *Ist das sein Ernst?* „Bei dieser Hütte muss man ja Angst haben, dass die Decke herunter kommt. Ich dachte, wir sind hergekommen, um uns zu entspannen."

„Jetzt schau sie dir doch erst einmal richtig an." Ihr Mann öffnete die Wagentür und stieg aus.

Seufzend folgte sie seinem Beispiel. Als würde die Hütte aus der Nähe besser aussehen. Was hatte sich ihr Großvater nur dabei gedacht, sie ausgerechnet an diesen verlassenen Ort zu schicken? *Der bekommt was von mir zu hören, wenn wir wieder zuhause sind.* So jedenfalls hatte sie sich ihren Geburtstag nicht vorgestellt. Schweigend folgte sie ihrem Mann den schmalen Weg zur Holzhütte hinauf.

Der Schnee knirschte unter ihren Stiefeln. Erst jetzt fiel ihr die schmale Terrasse auf, die sich hinter dem Häuschen befand, und die kleinen Tannen, die mit bunt beleuchteten Lichterketten geschmückt waren. Da hatte sich jemand Mühe gegeben, für eine weihnachtliche Atmosphäre zu sorgen. Das konnte sie nicht leugnen. Schade nur, dass der Rest nicht so einladend wirkte.

„Ist es nicht schön hier? Und diese Ruhe. An so einem Ort merkt man erst, wie laut es bei uns auf dem Gutshof wirklich ist. Dabei wohnen wir nicht einmal in der Stadt." Er kam auf sie zu. „Jetzt komm schon." Er zog sie in seine Arme. „Gib diesem Ort eine Chance. Du wirst sehen, nach vier Tagen willst du hier gar nicht mehr weg."

Sie legte ihm ihre Arme um den Hals. „Und wenn

doch?"

„Dann darfst du dir gerne aussuchen, wohin wir das nächste Mal fahren."

„In Ordnung. Außerdem bekomme ich für den Rest des Monats jeden Abend eine ausführliche Massage."

Christians Lippen verzogen sich zu einem Lächeln und er zog sie noch näher an sich. „Du weißt schon, was beim letzten Mal passiert ist, als ich versucht habe, dich zu massieren. Es hat keine zehn Minuten gedauert, und wir sind übereinander hergefallen."

„Vielleicht ist es ja genau das, was ich will." Kurz drückte sie ihre Lippen auf seinen Mund, dann befreite sie sich aus seiner Umarmung und wandte sich wieder der Hütte zu. „Dann lass uns mal reingehen. So langsam bin ich doch gespannt, wie sie von innen aussieht."

Von ihrem plötzlichen Themenwechsel sichtlich irritiert dauerte es ein paar Sekunden, bis Christian ihr folgte.

„Das war gerade nicht nett", stieß er hervor, als er sie eingeholt hatte. „Du kannst doch nicht so etwas sagen, und mich dann einfach stehen lassen."

„Ja, es ist schon frustrierend, wenn man sich schon fest auf etwas einstellt und dann enttäuscht wird." Ihre Mundwinkel zuckten.

„Das ist nicht lustig." Er zog sie an sich.

Im nächsten Moment fand sie sich auf den kalten Boden wieder. Christian beugte sich über sie. Unter seinem intensiven Blick wurde ihr ganz heiß, und sie ließ ihren Blick zu seinen Lippen wandern, die leicht geöffnet waren. Ihre Atmung wurde schneller und sie wartete auf den Kuss. Der nicht kam. Stattdessen ließ er sie seufzend los und ließ sich neben ihr in den Schnee sinken.

„Was ist los?" Sie setzte sich auf.

„Hier ist nicht wirklich der richtige Ort dafür. Wir sollten das in der Hütte fortsetzen." Er rollte sich auf den Rücken und schob mit seinen Händen den Schnee zur Seite. „Wollen wir einen Schneeengel machen?"

Irritiert starrte sie ihn an. *Soll das ein Witz sein?* Oder wollte er es ihr mit gleicher Münze heimzahlen. Als er jedoch damit begann auch seine Beine zu bewegen, zuckte sie mit den Schultern, legte sich wieder hin und machte es ihm nach.

„Ist doch schön geworden", stellte Christian ein paar Minuten später fest, als sie wieder auf den Beinen waren.

Jessica lachte auf. „Das sind zwei der hässlichsten Schneeengel, die ich je gesehen habe. Deiner ist total schief und meinem fehlt ein Flügel."

„Sie sind eben was besonders, genauso wie du." Er legte ihr einen Arm um die Taille. „Wollen wir reingehen?"

Sie nickte und ließ sich von ihm zur Hütte führen. Kaum hatte sie diese betreten, blieb sie wie erstarrt stehen. Damit hatte sie nicht gerechnet. Im Kamin knisterte ein Feuer, und ein Geruch nach Holz lag in der Luft. Flackernde Kerzen warfen ein warmes Licht auf die rustikalen Möbel. Der Tisch war gedeckt und in der Mitte standen ein großer Schokoladenkuchen und ein Teller mit Weihnachtsplätzen.

„Wie hast du das denn gemacht?" Sie wandte sich um zu ihrem Mann, der hinter ihr stehen geblieben war. „Wir waren doch die ganze Zeit zusammen."

Ein Lächeln huschte über sein Gesicht. „Deine Großeltern haben mir geholfen. Ich habe sie angerufen, als du vorhin auf der Toilette warst. Sie haben hier alles vorbereitet, damit ich dich damit überraschen kann. Leider waren wir zu früh dran, deshalb musste ich einen Umweg fahren. Eigentlich ist diese Hütte nicht weit von dem Dorf entfernt, durch das wir zuletzt gefahren sind. Gefällt es dir denn?"

Sie fiel ihrem Mann um den Hals. „Wie kannst du das fragen? Es ist perfekt. Vielen Dank." Sie gab ihm einen Kuss auf den Mund, bevor sie sich wieder von ihm löste und sich suchend umsah. „Sind meine Großeltern noch hier?"

„Nein. Nachdem sie hier fertig waren, sind sie weiter zu ihrer Ferienhütte gefahren. Sie wünschen dir aber alles Gute zum Geburtstag." Er schob sie in Richtung Tisch. „Was hältst du von einem Stück Geburtstagskuchen?"

Sie nickte und ließ sich auf einen der Stühle sinken. Das hier war mit Abstand ihr schönster Geburtstag. „Ich liebe dich", sagte sie und ergriff seine Hand,
bevor er sich ebenfalls hinsetzen konnte.

„Ich liebe dich auch. Und ich bin froh, dass du mir
nicht den Kopf abgerissen hast, weil wir nicht in ein
Wellnesshotel gefahren sind."

Freude
erfüllt das
Herz

8 Dezember

*A*riadne stand vor dem Kleiderschrank und betrachtete ihre Garderobe. *Was soll ich nur anziehen?* Neben ihrer typischen Bürokleidung besaß sie nur einige Sommerkleider, Jeanshosen, Pullover und Shirts. Nichts davon war das Richtige für den Abend. *Ich hätte noch einkaufen gehen sollen.* Doch ihr Mann hatte sie gestern mit seiner Einladung zum Wintermusical überrascht. Dabei wusste er genau, dass sie solche spontanen Dinge nicht mochte. Sie seufzte. Leider fiel es ihr schwer, ihm länger, als ein paar Minuten böse zu sein. Das wusste er genau.

Sie betrachtete noch einmal, was ihr an Kleidung

zur Verfügung stand und ging die verschiedenen Möglichkeiten durch. *Mit einem schwarzen Pullover darunter kann das Kleid vielleicht gehen*, ging es ihr durch den Kopf. Sie zog es aus dem Schrank und hielt es vor sich hin, während sie in den Spiegel schaute, der an ihrer Schranktür hing. „Es ist auf jeden Fall besser als gar nichts."

Sie warf das Kleid aufs Bett und öffnete ihren Bademantel, als ihr Handy vibrierte. Sie griff nach dem Smartphone und überflog die Nachricht, die Joel ihr geschickt hatte.

Ciao Cara. Ich hab die Jungs bei meinen Eltern abgeladen und bin auf dem Weg zurück. PS: Ich bringe dir aus der Fabrik das blaue Kleid mit, das dir so gut gefällt. Ti amo. Joel 09:25 Uhr

Sie ließ sich auf das Bett sinken und schüttelte lachend den Kopf. Seine Worte sorgten dafür, dass sich eine erwartungsvolle Wärme in ihrer Brust ausbreitete. Das war mal wieder typisch Joel. Irgendwann würde dieser Mann sie noch in den Wahnsinn treiben. Aber wenn sie ehrlich war, liebte sie ihn genau deswegen.

Sie stand auf, um die Sachen auf dem Bett zurück in den Schrank zu hängen, als es an der Tür klingelte. Sie runzelte die Stirn. Joel konnte es noch nicht sein. Selbst bei besseren Wetterbedingungen brauchte er von seinen Eltern hierher 20 Minuten. Und im Moment herrschte da draußen noch immer ein leichter

Schneesturm.

Es klingelte erneut, dieses Mal etwas länger.

Seufzend verließ sie das Schlafzimmer und ging zur Wohnungstür.

„Hallo. Was kann ich für Sie tun?" Ariadne betrachtete den Fremden, der vor ihrer Tür stand, von oben bis unten. *Seltsam!* Irgendwie kam er ihr bekannt vor, auch wenn sie ihn nicht einordnen konnte.

„Erkennst du mich wirklich nicht? Ich bin es, dein Vater."

„Was?" Sie riss die Augen weit auf und starrte den Mann an. *Soll das ein Scherz sein?* Ihr Vater war schlank und muskulös gewesen. Dieser Mann hatte einen sichtbaren Bauch, trug einen abgetragenen Mantel und einen Bart. Als sie ihn jedoch näher betrachtete, fielen ihr die Ähnlichkeiten auf. Was sie nur noch mehr verwirrte. Wieso hatte sich ihr Vater, der immer so stark auf sein Äußeres geachtet hatte, so gehen lassen?

„Mir ist klar, dass wir uns schon eine Weile nicht mehr gesehen haben. Das möchte ich gerne ändern. Kann ich vielleicht kurz reinkommen? Ich habe auch dein Geburtstagsgeschenk mitgebracht."

Der letzte Satz riss sie aus ihren Gedanken. Erst jetzt fiel ihr der Umschlag auf, den er aus seiner Manteltasche gezogen hatte. „Mein Geburtstag war im September, falls du es vergessen hast." Was ziemlich wahrscheinlich war, denn noch nie hatten sich ihre Eltern groß für sie interessiert, geschweige denn ihren Geburtstag gefeiert.

„Dann sieh es als ein verfrühtes Weihnachtsgeschenk."

Er reichte ihr den Umschlag entgegen. Reflexartig griff sie danach, ohne ihren Vater aus den Augen zu lassen.

„Eigentlich bin ich hier, um dich mit deiner Familie zu uns einzuladen", sprach er weiter, als sie keine Anstalten machte, sich sein Geschenk anzusehen.

„Ist das dein Ernst?" Ihr verschlug es die Sprache. *Soll das ein Witz sein?* Sie hatte ihren Vater seit Jahren nicht mehr gesehen. Nicht mehr seit sie mit 16 ihr Abitur gemacht hatte, und sie für ihre Eltern alt genug gewesen war, auf eigenen Beinen zu stehen. Sie kannte nicht einmal seine neue Frau oder ihre Halbgeschwister. Und jetzt tauchte er hier auf und lud sie zu einem Familienessen ein, als wäre nie etwas gewesen? „Woher weißt du eigentlich, wo ich wohne?"

„Müssen wir das hier an der Tür besprechen?"

Sie verschränkte ihre Arme vor der Brust. „Ich habe dich was gefragt."

„Es war reiner Zufall", gab ihr Vater zu und wischte sich mit einer Hand durch sein Haar. „Meine Frau und ich waren bei einer Kunstausstellung von J. D.

Lay. Dort haben wir erfahren, dass Joel de Luca für die Planung mitverantwortlich ist und eine Galerie für unbekannte Künstler hier in Dornbirn besitzt, wo er auch mit seiner Familie wohnt. Der Name kam mir bekannt vor, ich wusste nur nicht wieso. Bis wir wieder zu Hause waren und mir deine Hochzeitseinladung in die Hände fiel."

„Und dann hast du dir gedacht, du kommst einfach so vorbei? Nachdem du es nicht einmal geschafft hast, zu meiner Hochzeit zu kommen?" Sie konnte es kaum glauben.

„Ich hatte es dir doch in einem Brief erklärt. Oder ist mein Geschenk nicht angekommen? Ich hielt es für keine gute Idee, bei deiner Hochzeit wieder mit deiner Mutter zusammenzutreffen. Unsere Streitigkeiten sollten dir nicht den Tag ruinieren."

„Klar, du hast dabei nur an mich gedacht." Am liebsten hätte sie ihrem Vater die Tür vor der Nase zugeschlagen. „Bestimmt war das auch der Grund, warum Mutter es vorgezogen hat, nicht bei meiner Hochzeit aufzutauchen. Aber weißt du was, es mir inzwischen egal. Und auf dein Geschenk kann ich verzichten." Sie drückte ihm den Umschlag wieder in die Hand. „Lass mich einfach in Ruhe. Ich habe kein Interesse an ein Wiedersehen und meine Familie auch nicht."

„Ariadne warte." Ihr Vater schob einen Fuß nach vorne, um zu verhindern, dass sie die Tür zumachte.

„Ich wusste nicht, dass deine Mutter nicht bei deiner Hochzeit gewesen ist. Ich bin einfach davon ausgegangen, dass sie kommt. Unsere Trennung war nicht besonders schön. Seit der Scheidung haben wir kein Wort mehr miteinander gesprochen. Wenn ich ehrlich bin, hätten wir nie Heiraten sollen. Doch sie war schwanger mit dir und ich wollte sie nicht im Stich lassen."

„Also ist es meine Schuld, dass ihr beide so unglücklich wart. Willst du das damit sagen?"

„Nein, natürlich nicht. Wie kannst du so etwas nur denken? Du bist das einzig Gute, was aus dieser Beziehung entstanden ist. Leider war ich so wütend über die ganze Situation und über die ständigen Sticheleien deiner Mutter, dass ich es zu Hause nie lange ausgehalten habe. Es tut mir sehr leid, dass ich dir damit weh getan habe. Ich hätte für dich da sein sollen."

Schweigend sah sie ihren Vater an. Sie hatte keine Ahnung, wie sie darauf reagieren sollte. Zu tief saß der Schmerz über das Verhalten ihrer Eltern. In ihrer Kindheit hatte es zur Weihnachtszeit keine Weihnachtsbäume oder ein gemeinsames Plätzchen backen gegeben. Erst durch die Familie ihres Mannes hatte sie ein richtiges Weihnachtsfest kennengelernt. Mit Lachen und Gesang. Geschenken und Spielen. Nie würde sie das erste Fest im Kreise dieser Familie vergessen, die inzwischen ihre eigene war.

„Es tut mir leid, dass ich dich heute so überfallen habe. Denk einfach in Ruhe darüber nach. Ich würde mich sehr freuen, dich und deine Familie näher kennenzulernen." Er reichte ihr eine Visitenkarte, die sie reflexartig entgegennahm. „Nur für den Fall, dass du es dir anders überlegst." Dann wandte er sich ab und ging die Treppen hinunter.

9 Dezember

*L*ächelnd griff Joel nach dem Paket auf dem Bei-fahrersitz und stieg aus dem Wagen. Kalte Luft kam ihm entgegen und dicke weiße Flocken legten sich auf seinen Mantel. Er schloss die Augen und atmete tief durch. Endlich Ruhe. Er liebte seine beiden Jungs, sehr sogar. Doch zusammen konnten sie ziemlich anstrengend sein. Keine Ahnung, wie seine Mutter das jahrelang durchgestanden hatte. *Ich sollte ihr beim nächsten Mal Blumen mitbringen*, ging es ihm durch den Kopf, als er beschwingt zur Eingangstür seiner Wohnung schritt. Bei jedem Schritt knirschte der Schnee unter seinen Stiefeln. Besonders jetzt, wo sie bis morgen auf sein aufgewecktes Duo aufpasste, nur damit er mit seiner Frau wieder ein paar Stunden allein verbringen konnten.

Er hatte die Eingangstür fast erreicht, als ihm ein hochgewachsener Mann mit abgetragenem Mantel und Bart entgegenkam. Schnell sprang er zur Seite, um einen Zusammenstoß zu verhindern. Dabei versank sein rechter Stiefel tief in einem Schneehaufen. „Merda!" Schnell zog er seinen Fuß zurück. Er konnte jedoch nicht verhindern, dass sich die Kälte bis hinunter zu seinen Zehen ausbreitete.

„Tut mir leid." Der Fremde war stehen geblieben und sah ihn mit großen Augen an. Dampfwölkchen bildeten sich in der Luft, die schnell wieder verschwanden. „Ich war ganz in Gedanken und habe nicht auf den Weg geachtet."

„Schon gut. Es ist ja nicht passiert." Er würde sich jedoch noch einmal umziehen müssen, bevor er mit Ariadne zum Musical fahren konnte. Er drückte das Paket in seiner Hand enger an sich. Zum Glück hatte er ihr Kleid nicht fallen lassen.

„Ist wirklich alles in Ordnung? Ich ..." Der Fremde hielt mitten im Satz inne. „Sie sind Joel de Luca, nicht wahr?"

Er sah hoch und runzelte die Stirn. „Kennen wir uns?"

„Noch nicht. Ich bin Bernd Steinmeyer, Ariadnes Vater. Ich war gerade bei ihr, um sie zu einem Adventsessen bei uns einzuladen.""

„Sie …" Ihm verschlug es die Sprache. Er wusste, dass Ariadne seit Jahren keinen Kontakt mehr zu ihren Eltern hatte. *Ich muss sofort zu ihr.*

Wortlos ging er an seinen Schwiegervater vorbei zur Eingangstür und griff nach der Klinke.

„Warten Sie.""

Eine Hand legte sich auf seinen Arm und er drehte sich um.

„Ich weiß, hier einfach aufzutauchen, war nicht unbedingt meine beste Idee. Das hat mir meine Tochter bereits klar gemacht. Doch ich möchte es gerne wieder gut machen. Bitte legen Sie bei ihr ein gutes Wort für mich ein. Ich würde Sie und die Kinder wirklich gerne kennenlernen.""

„Warum sollte ich Ihnen helfen? Sie haben sie im Stich gelassen, als sie Sie am meisten gebraucht hat. Was für ein Vater tut so etwas?""

„Es ist kompliziert. Sie können das nicht verstehen, ich …""

„Sie haben recht", fiel er seinem Schwiegervater ins Wort. „Ich verstehe es wirklich nicht." Er riss sich los und öffnete die Tür. „Sie sollten gehen.""

Er wartete nicht auf eine Antwort, sondern eilte ins Haus. Sein Herzschlag beschleunigte sich, als er die offene Wohnungstür am Ende der Treppe entdeckte und er beschleunigte seine Schritte. Wie konnte es ihr Vater wagen, hier aufzutauchen? Jetzt, nach allem, was passiert war. Er hatte seine Chance. Ariadne hatte ihm sogar mehr Chancen eingeräumt, als er überhaupt verdient hatte. Nur um am Ende wieder mit nichts dazustehen. *Und für diesen Mann soll ich ein gutes Wort einlegen? Diesen Fehler habe ich schon einmal gemacht. Ein weiteres Mal würde es nicht geben.*

Mechanisch kämmte Ariadne ihre Haare und steckte sie hoch. Immer wieder fiel ihr Blick auf die Visitenkarte ihres Vaters. *Denk einfach in Ruhe nach. Als ob das so einfach ist.* Denn im Grunde war Bernd Steinmeyer für sie nicht viel mehr als ein Fremder. Jemand, der während ihrer Kindheit ab und zu mal dagewesen war, wie die Bediensteten ihrer Eltern.

„Cara?"

Joels Stimme riss sie aus ihren Gedanken und ihr Herzschlag beschleunigte sich. „Ich bin hier." Nur mit ihrem Bademantel bekleidet verließ sie das Schlafzimmer und ging auf ihn zu. „Ist das das Kleid?" Sie deutete auf das Paket, das er neben der Eingangstür an die Wand gelehnt hatte. „Gib mir ein paar Minuten. Ich ziehe mich schnell um, dann können wir los."

„Cara, hör auf." Er kam auf sie zu und zog sie an sich. „Ich weiß, dass dein Vater hier war. Ich bin ihm unten an der Tür begegnet. Bist du in Ordnung?"

„Sicher. Alles ist gut." Sie schenkte ihm ein schwaches Lächeln, das ihre Augen jedoch nicht erreichte.

„Cara!"

„Bitte. Lass uns jetzt nicht über ihn sprechen. Du hast dir so viel Mühe gemacht, um mich zu Überraschen. Ich will nicht, dass er uns unseren freien Abend verdirbt."

„Das kann er gar nicht." Mit einer Hand berührte er ihre Wange. „Nicht solange ich mit dir zusammen sein kann."

„Aber …"

„Das Musical läuft uns nicht weg. Also rede mit mir."

Sie lehnte sich an ihn. Sie wusste aus Erfahrung, dass er keine Ruhe geben würde. Egal wie kindisch er sich auch manchmal benahm, wenn es hart auf hart kam, war er für sie da. Und das liebte sie so an ihn.

„Ich habe ihn erst gar nicht erkannt", begann sie leise. Dann sprudelten die Worte nur so aus ihr heraus.

„Kannst du dir das vorstellen?" Sie löste sich aus seiner Umarmung und ging im Zimmer auf und ab, nachdem sie ihren Bericht beendet hatte. „Da taucht er nach all den Jahren hier auf und tut so, als wäre nie etwas passiert. Ich meine, was soll diese Einladung? Was verspricht er sich davon? Glaubt er wirklich, ein Essen kann alles wieder gut machen? Das ist doch lächerlich."

„Stimmt, ein Treffen wird an der Vergangenheit nichts ändern, doch vielleicht bekommst du so ein paar Antworten."

Mitten in der Bewegung hielt sie inne und sah ihn mit hochgezogenen Brauen an. „Du meinst also, wir sollten hinfahren?"

Joel zuckte mit den Schultern. „Die Entscheidung liegt bei dir. Ich kenne deinen Vater nicht und werde nicht versuchen, dich zu überzeugen. Diesen Fehler habe ich schon bei unserer Hochzeit gemacht, und ich weiß, wie sehr es dich verletzt hat, dass deine Eltern nicht gekommen sind." Er zog sie wieder an sich. „Doch egal, wie du dich entscheidest, ich stehe hinter dir." Er gab ihr einen Kuss auf die Schläfe. „Und jetzt zieh dich an. Es ist noch nicht zu spät. Wir könnten es noch rechtzeitig zum Musical schaffen. Das wird dich auf andere Gedanken bringen."

Ein Lächeln huschte über ihr Gesicht. „In Ordnung. Gibt mir fünf Minuten."

10 Dezember

Sie kamen nur langsam voran. Das Auto schlitterte leicht über die Straße, die noch nicht geräumt worden war. Große Flocken fielen vom Himmel und verschlechterten zusätzlich die Sicht.

„Bist du sicher, dass wir hier richtig sind?", wollte Ariadne von ihrem Mann wissen und starrte aus dem Fenster. „Ich kann überhaupt nichts sehen."

„Alles gut, Cara. Laut Navi sollten wir gleich da sein."

„Hoffentlich, diese Straße ist echt gefährlich." Erneut rutschte das Auto zur Seite und sie griff nach dem Griff über der Tür. Sie konnten froh sein, dass hier niemand anderer unterwegs war. „Wir hätten das Essen doch verschieben sollen. Es war verrückt, bei diesem Wetter nicht wieder umzudrehen." Ihr Blick glitt nach hinten, wo ihre einjährigen Söhne in ihren Kindersitzen schliefen. Wie hatte sie die beiden nur so in Gefahr bringen können? Und das für einen Mann, der seit fast zehn Jahren keine Rolle mehr in ihrem Leben spielte.

„Beruhige dich, Cara." Joel wurde langsamer und blieb schließlich stehen. „Das muss es sein." Er deutete auf ein Haus, auf der linken Seite.

„Echt jetzt?" Ariadne konnte zwar nicht viel erkennen, doch das kleine Einfamilienhaus am Ende der Straße, hatte nicht die geringste Ähnlichkeit mit dem eleganten Stadthaus, in dem sie selbst aufgewachsen war. Sie runzelte die Stirn. Die abgetragene Kleidung, dazu dieses Haus an diesem abgelegenen Ort. Hatte sich ihr Vater finanziell übernommen? Das wäre eine viel bessere Erklärung dafür, warum er nach all der Zeit wieder Kontakt zu ihr aufgenommen hatte. Selbst wenn er nicht wusste, womit ihr Mann sein Geld verdiente. Ihre Hände ballten sich zu Fäusten.

Die Haustür öffnete sich und ein großer stämmiger Mann, in einem dunklen Wintermantel, eilte auf sie zu. Joel öffnete die Tür und stieg aus. Langsam folgte sie seinem Beispiel, obwohl sie am liebsten zurück nach Hause gefahren wäre. Sie konnte nur hoffen, dass sie sich irrte. Denn Geld würde er von ihr ganz bestimmt nicht bekommen. Nicht nachdem er sie damals so im Stich gelassen hatte.

„Ariadne, schön, dass ihr da seid. Bei diesem Wetter habe ich mit euch gar nicht mehr gerechnet."

Er kam auf sie zu und wollte sie umarmen, doch sie ging ein paar Schritte zurück. Sofort ließ er seine Hände wieder sinken und sah sie unschlüssig an.

„Wir waren schon fast hier, als das Wetter wieder schlechter wurde", unterbrach Joel die Stille, während er Romen aus seinem Kindersitz befreite. Dabei ließ er seine Frau nicht aus den Augen. Was war plötzlich mit ihr los. „Ich hatte aber nicht erwartet, dass die Straßen hier bei euch so schlecht sind."

„Leider liegt unser Dorf auf der Prioritätsliste der Gemeinde nicht so sehr weit oben, wenn es um die Schneeräumung geht. Meist wird nur die Hauptstraße geräumt. Aber bei dem Wetter macht es eh nicht so viel Sinn." Er deutete auf sein Haus. „Kommt erst einmal rein. Dort ist es auf jeden Fall angenehmer."

„Wir kommen gleich nach", versprach er seinen Schwiegervater, der daraufhin zurück zum Haus ging.

„Cara, was ist los?" Er ging um das Auto herum und blieb neben seiner Frau stehen. „Du wolltest doch heute herkommen."

Romen streckte die Arme nach seiner Mutter aus

und er reichte ihn an sie weiter. „Vielleicht war das ein Fehler", stieß sie hervor, während sie ihren Sohn fest an sich drückte. „Was weiß ich schon über ihn. In meinem ganzen Leben hat er nie eine große Rolle gespielt, obwohl wir im selben Haus gelebt haben. Ich schulde ihm überhaupt nichts."

„Das mag sein." Er zog sie an sich und legte ihr eine Hand an die Wange. In den letzten Tagen hatte sie öfter darüber gesprochen. „Aber du wolltest diese Chance nutzen, um ein paar Antworten zu bekommen. Und vielleicht mit der ganzen Sache abzuschließen."

„Was, wenn mir seine Antworten nicht gefallen?"

„Dann weißt du wenigstens, woran du bist." Sanft drückte er seine Lippen auf ihre. „Jetzt lass uns reingehen. Wir müssen ja auch nicht lange bleiben. Ich bin sicher, wir finden hier irgendwo in der Nähe ein Hotel, wo wir übernachten können."

Ariadne war hin und hergerissen, dann fiel ihr Blick auf ihren Sohn. „In Ordnung." Auf keinen Fall wollte sie bei diesem Wetter eine weitere Autofahrt mit den Kindern riskieren. Mit ihrem Vater wurde sie schon fertig. Sie setzte sich Romen auf die Hüfte und wartete, bis Joel Rhodes aus dem Wagen geholt hatte. Dann eilten sie gemeinsam zum Haus.

Sie gingen durch die immer noch geöffnete Haustür in einen kleinen Flur, auf deren rechter Seite sich in einem offenen Schuhschrank die verschiedensten Schuhe stapelten. Auf der anderen Seite hingen mehrere Garderobenhaken an der Wand, die voll beladen waren, mit Jacken und Mänteln in unterschiedlicher Größe. Sie runzelte die Stirn. Der ganze Raum wirkte vollgestopft und total chaotisch. Trotzdem fühlte er sich warm und gemütlich an. Nicht so wie die steife Atmosphäre in der sie aufgewachsen war.

„Ah, da seid ihr ja." Eine sanfte Frauenstimme riss sie aus ihren Gedanken und sie wandte sich um. Das musste die neue Frau ihres Vaters sein. „Das Chaos tut mir leid. Hängt eure Mäntel einfach irgendwohin, wo Platz ist. Die Kinder halten uns die ganze Zeit auf Trab, und ich bin noch nicht zum Aufräumen gekommen. Dein Vater holt sie gerade." Sie blieb direkt vor ihr stehen. „Du musst Ariadne sein. Schön dich endlich kennenzulernen. Ich bin Susanne."

Sie reichte ihr die Hand hin und reflexartig griff sie danach. Die neue Frau ihres Vaters schien nett zu sein. Aber wahrscheinlich war es nur ihre Taktik, um sie für sich einzunehmen. Schließlich hätten sie sich schon vor Jahren kennenlernen können, wenn sie es gewollt hätte. Doch weder sie noch ihre Kinder hatten je ein Interesse an ihr gezeigt.

„Ariadne", erwiderte sie und zog die Hand zurück. „Und das sind mein Mann Joel und unsere Kinder

Rhodes und Romen. Sie hatten im Oktober ihren ersten Geburtstag."

„Wirklich?" Die Lippen ihrer Stiefmutter verzogen sich zu einem Lächeln. „Dann sind sie ja fast so alt wie unser Luca. Er ist im August ein Jahr alt geworden."

Sie nickte nur. Dann hatte ihr Vater also noch ein Kind bekommen. Wie viele waren es jetzt? Vier oder fünf? Sie hatte den Überblick verloren. Nicht, dass es wichtig war. Nach diesem Essen würde sie sowieso niemanden von ihnen wiedersehen.

Warum sind wir nur hierhergekommen? Niemand sagte ein Wort, als sie eine halbe Stunde später gemeinsam am großen Esstisch saßen. Nur das Klappern des Bestecks war zu hören. Selbst ihre Jungs waren ungewöhnlich still, als könnten sie die Anspannung spüren, die in diesem Zimmer herrschte. Ariadne griff nach ihrem Glas und trank einen großen Schluck. Aus den Augenwinkeln konnte sie sehen, dass ihre beiden Halbschwestern immer wieder von ihren Tellern aufschauten und sie anstarrten. Was sie ihnen nicht einmal übel nehmen konnte. Immerhin waren sie alt genug, um zu verstehen, was das Wort Schwester bedeutete.

„Können wir aufstehen?", unterbrach Leonie, die

Ältere der beiden, die Stille, nachdem sie aufgegessen hatte. „Luisa und ich wollten uns nach dem Essen mit den anderen treffen."

„Ich auch", meldete sich der etwas jüngere Linus zu Wort.

„Nein, heute bleibt ihr hier", sagte ihr Vater in einem Ton, der keinen Widerspruch duldete und sah zu ihr hinüber. „Eure Schwester ist schließlich heute extra hergekommen, um uns kennenzulernen."

„Lass sie doch." Mit ausdrucksloser Miene erwiderte sie seinen Blick und schob ihren Teller bei Seite. Ihr war der Appetit vergangen.

„Cara." Joel legte ihr eine Hand auf den Oberschenkel. Seine Stimme war so leise, dass sie ihn kaum verstand.

Sie sah ihn an und er schüttelte leicht den Kopf. Sie hatte jedoch keine Lust, diese Farce noch länger mitzumachen. „Es ist doch wahr. Das alles hier war eine blöde Idee."

Am Tisch, wo sich die Hände finden,

wo Speisen Düfte zart entbinden.

Die Familie, ein bunter Reigen,

lässt Liebe und Wärme zeigen.

Da klingt Gelächter, hell und rein,

Gemütlichkeit lädt zum Verweilen ein.

Der Braten duftet, die Soße glänzt,

während das Brot mit Butter kränzt.

So webt das Familienessen, eine Zeit,

voller Nähe, voll Herzlichkeit.

Bindet fest, was verloren scheint,

das Familienmahl, das einander vereint.

11 Dezember

*A*riadne stand so ruckartig auf, dass ihr Stuhl nach hinten kippte und mit einem dumpfen Ton auf den Boden aufschlug. Ungläubig sah Joel ihr hinterher, wie sie aus dem Raum stürmte. „Cara." Er stand ebenfalls auf, stellte den Stuhl wieder hin und folgte ihr. Es dauerte nicht lange, bis er sie im Flur eingeholt hatte.

„Cara, was ist denn los?" Er griff nach ihr und drehte sie zu sich um.

„Gar nichts." Sie wich seinen Blick aus. „Wir hätten nur nicht herkommen sollen. Ich gehöre nicht hierher. Das hier ist nicht meine Familie. Also lass uns die Jungs holen und nach Hause fahren."

Sie begann zu zittern und er zog sie noch dichter an sich. So hatte er sie noch nie gesehen. Nicht einmal damals, als ihr Exfreund sie vor allen Angestellten als Frigide bezeichnet hatte.

„In Ordnung." Mit einer Hand strich er ihr eine Strähne aus dem Gesicht. „Ich hole die Kinder und sag es deinem Vater."

„Das musst du nicht." Eine tiefe Stimme ertönte hinter ihm und er drehte sich um. Ariadne, immer noch dicht an seine Brust gedrückt. „Ich möchte vorher nur noch gerne kurz mit meiner Tochter sprechen. Allein", fügte er hinzu. „Wenn es in Ordnung ist."

Er sah zu seiner Frau hinunter, deren Augen feucht schimmerten. Noch immer zitterte sie leicht und er hatte Angst, sie loszulassen. „Ich bleibe hier. Was immer du zu sagen hast, das kannst du auch in meiner Gegenwart tun."

„Es ist schon ok." Ariadne löste sich von ihm. „Ich komme schon klar. Du kannst ja schon mal die Jungs fertigmachen."

„Bist du sicher?"

Ariadne nickte und atmete tief durch. Sie würde vor den Augen ihres Vaters jetzt nicht zusammenbrechen.

87

Diese Genugtuung gönnte sie ihm nicht. „Mach dir keine Sorgen. Es geht mir gut." Joel gab ihr einen Kuss auf die Schläfe und ging zurück ins Esszimmer. Sie wartete, bis er nicht mehr zu sehen war, dann wandte sie sich an ihren Vater. „Also, worüber willst du mit mir sprechen? Falls es um Geld geht, kannst du es gleich vergessen. Von mir bekommst du nicht einen Cent."

Ihr Vater runzelte die Stirn. „Wovon sprichst du? Ich will kein Geld von dir." Sein Blick wanderte zur Tür, die zum Esszimmer führte. „Lass uns bitte in mein Büro gehen. Die Kinder müssen nicht unbedingt zuhören."

„Von mir aus."

Sie folgte ihrem Vater in einen kleinen Raum, der etwas abseits von den anderen lag. Die Einrichtung war dürftig. Bis auf einen Schreibtisch, einen Computer und zwei Stühle war er leer. Nicht, dass noch viel mehr hineingepasst hätte. „Das hier ist schon ein ziemlicher Absturz", stellte sie fest und ließ sich auf einen der Stühle sinken. „Früher war dein Büro bestimmt zehn Mal so groß und hatte sogar Fenster."

„Das hier ist nur vorübergehend, bis der Anbau fertig ist. Du siehst es ja selbst, hier ist nicht mehr genug Platz."

„Wieso zieht ihr nicht um?"

„Susanne ist in diesem Haus aufgewachsen und hängt an diesem Ort." Er setzte sich ihr gegenüber und räusperte sich. „Ich kann verstehen, dass du immer noch sauer auf mich bist", wechselte er das Thema. Er legte seine Hände auf den Schreibtisch und sah sie mit ernster Miene an. „Ich war dir kein besonders guter Vater. Nach deiner Einladung zur Hochzeit hatte ich gehofft, dass wir noch einmal von vorne anfangen können. Doch du hast meinen Brief nie beantwortet."

Kopfschüttelnd lehnte sie sich auf ihren Stuhl zurück und verschränkte die Arme vor der Brust. Jetzt fing er schon wieder von diesem blöden Brief an, den sie ungeöffnet in den Kamin geschmissen hatte.

„Wenn es dir so wichtig gewesen wäre, hättest du zu meiner Hochzeit kommen können. Klar, du hattest deine Gründe", fügte sie hinzu, als ihr Vater etwas erwidern wollte, und rollte mit den Augen. „Aber das spielt für mich keine Rolle mehr. Ich habe sowieso nicht damit gerechnet, dass einer von euch auftaucht. Schon seit ich 16 bin, musste ich allein klarkommen. Aber wenigstens hast du jetzt eine Frau und Kinder, mit denen du heile Familie spielen kannst."

„Es tut mir leid. Ich kann die Vergangenheit nicht ungeschehen machen", erwiderte er gepresst, ohne auf ihre letzte Bemerkung einzugehen. „Du hast recht, ich hätte mich mehr um dich bemühen sollen, statt dir einfach nur Geld für deine Ausbildung zu schicken. Aber ..."

„Von welchem Geld sprichst du?", fiel sie ihm ins Wort. „Ich habe von euch beiden keinen Cent erhalten."

Ihr Vater runzelte die Stirn. „Aber ich habe deiner Mutter nach meinem Auszug jeden Monat Geld geschickt, für ihren Unterhalt und für dich. Nach der Scheidung sogar noch mehr, nachdem sie mir erzählt hatte, dass du deine Ausbildung abgebrochen hast, um zu studieren. Erst vor zwei Jahren habe ich die Zahlung eingestellt, als ich erfahren hatte, dass du mit deinem Studium längst fertig bist. Was deiner Mutter überhaupt nicht gefallen hat. Doch der Richter gab mir recht, dass sie genügend Zeit hatte, sich selbst eine Arbeit zu besorgen, um ihren Lebensunterhalt zu bestreiten."

Ungläubig sah sie ihren Vater an. „Von diesem Geld habe ich nie etwas gesehen. Ganz im Gegenteil, ich musste neben meiner Ausbildung noch arbeiten gehen, um die 200 Euro bezahlen zu können, die Mutter für mein Zimmer haben wollte. Und studieren konnte ich nur, weil Joels Vater mir damals ein privates Stipendium gegeben und alle meine Kosten übernommen hat. Ich durfte sogar umsonst in einer seiner Gästewohnungen wohnen."

„Kein Wunder, dass du mit mir nichts zu tun haben wolltest und nie auf meine Anrufe oder Briefe reagiert hast."

„Ich habe nie …", begann sie.

Ihr Vater fluchte. „Ich bin so ein Idiot. Davon weißt du also scheinbar auch nichts." Er stand auf und ging kopfschüttelnd durchs Zimmer. „Ich hätte mich von deiner Mutter nicht abwimmeln lassen dürfen. Aber sie war so überzeugend. Sie hat immer wieder betont, wie wütend du auf mich bist, weil ich die Familie verlassen habe und das du kein Interesse daran hast, Susanne kennenzulernen. Als du dann auch nie auf meine Einladungen reagiert hast, sie oder die Mädchen kennenzulernen, habe ich irgendwann aufgehört, dir zu schreiben." Er nahm einen Briefumschlag vom Schreibtisch und reichte ihn ihr.

Reflexartig griff sie danach, während sich ihre Gedanken überschlugen. Sagte er wirklich die Wahrheit? Hatte er ihrer Mutter wirklich Geld für ihre Ausbildung geschickt und versucht, mit ihr in Kontakt zu bleiben? Wenn ja, warum hatte ihre Mutter es ihr die ganze Zeit verschwiegen? Sie sah zu ihm hoch. Der Schmerz in seinen Augen war nicht zu übersehen.

„Ich hoffe, du lässt es mich wenigstens für die Jungs wieder gut machen." Er deutete auf den Umschlag.

Verwirrt öffnete sie ihn und sah sich den Brief an. Ungläubig riss sie die Augen auf und starrte ihn an. „Was ...? Woher hast du so viel Geld?"

„Ich habe über die Jahre einen Teil meines Gehaltes für meine Kinder angelegt. Vor zwei Monaten ist der Vertrag ausgelaufen und mir wurde das Geld ausbezahlt. Das ist dein Anteil. Ich möchte es dir gerne geben, für die Ausbildung deiner Söhne. Natürlich ist mir klar, dass das mein Versagen als Vater nicht wieder gut macht", sprach er weiter, bevor sie etwas sagen konnte. „Ich stelle auch keine Bedingungen. Aber es wäre schön, wenn wir in Kontakt bleiben könnten. Du kannst …"

Sie ließ den Brief auf den Tisch fallen, stand auf und fiel ihrem Vater um den Hals. Tränen stiegen ihr in die Augen. All die Jahre hatte sie geglaubt, sie wäre ihm egal. Dass er kein Interesse daran hatte, dass sie Teil seiner neuen Familie wurde. Dabei hatte er es die ganze Zeit versucht.

Er erwiderte ihre Umarmung und eine Weile standen sie einfach nur so da. Bis es an der Tür klopfte und Joel ins Zimmer kam.

„Dann fahren wir nicht nach Hause", schlussfolgerte er.

Ihre Lippen verzogen sich zu einem Lächeln und sie sah ihren Vater an. „Nein. Wir bleiben noch hier."

Lass uns die weihnachtliche Freude in Form eines Kreuzworträtsels einfangen.

1. Es hängt am Baum und ist oft recht bunt.

2. Ein dunkles Gebäck voller Gewürze.

3. Es liegt in der Krippe.

4. Ein warmer Trank, der die Herzen erwärmt.

5. Der Botenstoff der festlichen Stimmung.

6. Ein Fest der Liebe und Sinnlichkeit.

7. Eine Nacht voller Geschenke.

8. Eine Figur mit roter Nase.

9. Auf diesem Weg gelangten die drei Weisen zum Stall.

Leise
fallen
die Flocken

12 Dezember

Frustriert starrte Domenik durch das Fenster nach draußen. Noch immer hatte sich der Schneesturm nicht gelegt. Wild flogen die dicken Flocken hin und her, und sein Auto war unter der weißen Schneedecke kaum noch zu erkennen. *Verdammt.* Eigentlich hatte er vorgehabt, nach dem Treffen mit seinem Cousin wieder zurück nach München fahren. Bei diesem Wetter würde er jedoch länger als zweieinhalb Stunden brauchen. Wenn er überhaupt an seinem Ziel ankam. *Mist.* Das warf seine gesamte Planung für diesen Tag komplett über den Haufen. *Ich sollte mir beim nächsten Mal vorher den Wetterbe-*

richt anschauen. Leider konnte er es jetzt nicht mehr ändern.

Er schlüpfte in den Mantel und griff nach seinen Stiefeln. Ob er Juan überreden konnte, die Mittagspause ausfallen zu lassen? Es war auf jeden Fall einen Versuch wert. Wenn er früher los kam, konnte er seinen nächsten Termin vielleicht noch einhalten und musste ihn nicht verschieben. Denn für den Rest des Jahres hatte er nur noch über Weihnachten Termine frei. Doch da wollte er eigentlich zu seinen Verwandten nach Judenburg fahren.

Er griff nach seiner Laptoptasche und ging zur Tür. Ein eiskalter Wind schlug ihm entgegen und eine Böe wirbelte Schnee in sein Gesicht. Schnell zog er sich die Kapuze seines Mantels über den Kopf. *So ein Scheißwetter.* Kein Wunder, dass er den Winter nicht mochte. *Vielleicht sollte ich doch das Auto nehmen.* Aber das Auto vom Schnee zu befreien, würde ihn noch mehr Zeit kosten. Er sah in die Richtung, in der ein Weg direkt zur Fabrik führte. „Es ist ja nicht weit." Zu Fuß brauchte man eigentlich nur 10 Minuten. Er zog sich den Schal dichter um den Hals und atmete tief durch. „Das schaffe ich schon."

Mia öffnete die Tür zum Fabrikrestaurant und schlüpfte hinein. Leise summend zog sie sich den Mantel aus, hängte ihn in die Garderobe und schaltete das Licht ein. Prüfend sah sie sich in dem großen Raum um. Es gab noch einiges zu tun, bevor die anderen Mitarbeiter zur Weihnachtsfeier kamen, und sie wollte, dass alles perfekt war. Immerhin hatte sie ihren Chef überredet, ihr diese Chance zu geben, statt auf eine professionelle Firma zurückzugreifen.

Sie ging zum Radio, um sich mit ein paar Weihnachtslieder in Stimmung zu bringen, als ihr Handy summte. Schnell überflog sie die Nachricht.

Scusa Mia. Ich begleite meine Frau zum Kinderarzt und komme erst später. Falls Sie bei den Vorbereitungen Hilfe brauchen, wenden Sie sich bitte an meinen Bruder. Ciao Juan de Luca 07:10 Uhr

Seufzend legte sie ihr Telefon zur Seite. Kurz überlegte sie, ob es nicht besser wäre, den Vorschlag ihres Chefs anzunehmen und Joel um Hilfe zu bitten. Während seiner Arbeit hier in der Fabrik hatte sie immer gerne mit ihm zusammengearbeitet. Doch sie entschied sich dagegen. Sie schaffte das schon. Das war ihre Chance, Juan de Luca zu beweisen, dass sie nicht nur dazu taugte, den Kunden kleine Häppchen zu servieren. Mit etwas Glück konnte sie sich im Anschluss auch um die anderen Firmenfeiern kümmern, um sich so etwas zusätzliches Geld für ihr Fernstudium zu verdienen.

Domenik kam nur langsam voran. Der Weg war noch schmaler als sonst, weil er nur notdürftig vom Schnee befreit worden war. Immer wieder sank er mit seinen Stiefeln ein und musste aufpassen, dass er nicht stolperte. „So ein Mistwetter", schimpfte er vor sich hin. Wieso hatte er sich nur von seinem Bruder überreden lassen, ausgerechnet, zu dieser Jahreszeit nach Dornbirn zu fahren. „Der kriegt was von mir zu hören, wenn ich wieder zu Hause bin." Falls er es überhaupt bis zu seinem Ziel schaffte. Seine Sicht war gleich null.

Eine starke Böe traf ihn und riss ihm die Kapuze vom Kopf. Er stolperte ein paar Schritte zurück. *Mist! Verdammt!* Seine Finger waren eiskalt und seine Ohren fühlten sich taub an. *Was würde ich nicht für eine Mütze und Handschuhe geben.* Leider hatte er seine Sachen zu Hause vergessen. *Kein Wunder*, ging es ihm durch den Kopf. *In Stuttgart hatte man gestern noch über 10 Grad.* Woher hätte er wissen sollen, dass er hier in einen verdammten Schneesturm geriet. Er sah zurück, in die Richtung, aus der er gekommen war. *Vielleicht sollte ich doch zurückgehen.* Leider hatte er keine Ahnung, wie weit er sich inzwischen vom Haus seiner Tante entfernt hatte. Zurückzugehen konnte genauso lange dauern, wie dem Weg einfach weiter zu folgen.

„Ich bin bestimmt gleich da", versuchte er sich selbst Mut zu machen und stampfte weiter. Im Moment kam ihm hier jedoch überhaupt nichts bekannt vor. Nirgendwo sah er ein Licht. Überall um ihn herum waren nur hohe Bäume. Er konnte nur hoffen, dass dieser Weg ihn tatsächlich zur Filiale führte.

Mia stellte einen Teller mit frischen Plätzchen auf den Tisch und betrachtete lächelnd ihr Werk. So langsam nahm ihre Vision Formen an. Der große Raum, der den Besuchern der Fabrik als Restaurant diente, war mit Girlanden und Weihnachtsschmuck verziert. Auf den Tischen befanden sich kleine Adventsgestecke und die frisch geschnittenen Tannenzweige verströmten einen angenehmen Duft.

„Jetzt fehlt nur noch das restliche Essen und der heiße Glühwein, dann kann die Weihnachtsfeier starten."

Sie wollte gerade in die Küche zurückkehren, als die Tür zur Terrasse geöffnet wurde und ein hochgewachsener Mann in den Raum gestolpert kam. Seine ganze Kleidung war mit weißen Schneeflecken bedeckt und seine Haare schimmerten feucht. Selbst seine dunkle Aktentasche schien eine ordentliche Portion Schnee abbekommen zu haben.

Sie eilte auf ihn zu, nachdem er keine Anstalten machte sich zu bewegen, und nahm ihm die Tasche aus der Hand. Seine Finger waren rot und eiskalt.

„Bist du etwa da draußen spazieren gegangen?" Anders konnte sie sich seinen Zustand nicht erklären.

Sie stellte die Aktentasche auf einen Stuhl und griff nach dem Reißverschluss seines Mantels. „Wir ziehen erst einmal deinen Mantel aus. Oh man, du zitterst ja richtig." Sie schob ihm den Stoff über die Schultern und befreite seine Arme. Wortlos ließ ihr Besucher alles über sich ergehen, ohne sich zu bewegen. Er schien wie eingefroren. Sie schüttelte den Kopf. Wie konnte er nur so dumm sein, bei diesem Wetter draußen herumzulaufen.

Sie hängte seinen Mantel über die Stuhllehne zum Trocknen. Dann stellte sie sich hinter den Fremden und schob ihn praktisch in die Küche. Vor dem Herd, der eine angenehme Wärme verströmte, ließ sie ihn stehen. „Wärm dich erst einmal auf. Ich hole dir einen heißen Tee."

13 Dezember

Mit zitternden Händen streckte Domenik seine schmerzenden Finger zum Ofen hin aus. Ein leises Seufzen entwich seinen Lippen. *Das tut gut.* Er schloss die Augen und genoss die Wärme. Er war so leichtsinnig gewesen, hatte die Gefahr, die von diesem Schneesturm ausging, völlig unterschätzt. Für einen Moment hatte er schon geglaubt, er hätte sich total verlaufen. Bis er in der Ferne dieses Flackern gesehen hatte und darauf zu gelaufen war.

„Hier bitte schön. Damit sollte es dir gleich besser gehen."

Er öffnete seine Augen, als er die hellklingende

Stimme hörte. Erst jetzt nahm er die Frau richtig wahr, die ihm geholfen hatte. Sie war kleiner als er, ging ihm nur bis zur Schulter. Doch ihre leuchtenden Augen und ihr selbstbewusstes Auftreten ließen sie größer wirken.

„Danke!" Er nahm den dampfenden Tee entgegen und schloss seine Finger um die warme Tasse. Vorsichtig nahm er einen Schluck. Sofort breitete sich die Wärme in seinem ganzen Körper aus. „Das habe ich gebraucht." Er ließ sich den Geschmack auf der Zunge vergehen. „Ist da Zimt mit drin?"

Seine Helferin nickte. „Meine eigene Mischung." Sie schob ihre Finger in ihre Hosentasche. „Ich bin Mia."

„Nick."

„Komisch." Sie runzelte die Stirn. „Ich habe dich hier noch nie gesehen." Sie lachte auf. „Aber ich komme auch kaum aus dieser Küche raus. Bist du neu hier?"

Ihr blumiger Duft stieg ihm in die Nase und er konnte nicht verhindern, dass sein Körper auf sie reagierte.

Er stotterte: „Ich bin …" und verstummte. Was war mit ihm los? So etwas war ihm noch nie passiert. Er kannte diese Frau doch überhaupt nicht.

„Alles in Ordnung? Du bist doch nicht krank?", fragte sie besorgt, trat einen Schritt vor und legte ihm ihre Hand auf die Stirn.

Die Hitze ihrer Finger brannte auf seiner Haut und ihre Nähe machte seine heftige Reaktion auf sie nur noch schlimmer.

Verdammt. Wenn er sich nicht schnell unter Kontrolle bekam, würde er sich noch völlig blamieren. Schnell trat er ein paar Schritte zurück und atmete tief durch.

„Es geht mir gut", versicherte er ihr. Auch wenn er sich nicht so fühlte. Er zwang sich, seinen Blick von ihr zu lösen, trank schnell einen weiteren Schluck Tee und zuckte zusammen, als die Hitze ihm die Zunge verbrannte. Tränen schossen ihm in die Augen und instinktiv spukte er die Flüssigkeit zurück in die Tasse. Wobei ein Teil davon daneben ging und auf seiner Hose und den Fußboden landete.

„Oh nein, warte." Mia lief zum Schrank, holte ein Glas heraus und füllte es mit Wasser. Dann eilte sie zurück an seine Seite und reichte es ihm.

Er riss ihr das Glas regelrecht aus der Hand und trank hastig den Inhalt hinunter.

„Besser?"

Seine Augen trafen auf ihre, er nickte. „Danke", stammelte er. Sie bemerkte, wie sich seine Wangen rot färbten.

Mitfühlend sah sie ihn an. Er war wirklich ein

Pechvogel. Trotzdem war er schon irgendwie süß. Schade, dass er ihr bisher nicht aufgefallen war. *Ob er verheiratet ist?* Sie konnte keinen Ring entdecken, aber das musste nichts heißen.

„Geht es dir wirklich gut? Vielleicht solltest du dich erst einmal hinsetzen. Ich muss noch einiges erledigen, bevor die anderen Mitarbeiter zur Weihnachtsfeier kommen." Ihr Blick fiel auf die Uhr. „Oh nein! Es ist schon fast acht." Sie lief zum Herd, schob den großen Topf mit Glühwein auf die Kochfläche und schaltete ihn ein.

Domenik wäre am liebsten im Erdboden versunken. Heute war wirklich nicht sein Tag. Zum Glück schien das kalte Wasser zu wirken, denn das Brennen in seinem Mund ließ nach. Plötzlich drangen ihre Worte zu ihm durch und er erinnerte sich daran, warum er überhaupt hierhergekommen war. „Verdammt!" Er stellte das leere Glas auf den Tresen ab und wandte sich an Mia. „Ist es wirklich schon so spät?"

„Ja leider. Ich hoffe, ich werde rechtzeitig fertig, denn ich habe die Zeit völlig aus den Augen verloren."

„Kannst du mir vielleicht vorher noch sagen, wo ich das Büro von Juan de Luca finde? Wir waren um halb acht verabredet."

Verdutzt sah sie ihn an. „Davon hat er gar nichts gesagt, als er mir heute früh geschrieben hat. Er kommt später, weil er mit seiner Frau zum Kinderarzt gefahren ist."

„Was!" Das konnte doch nicht wahr sein. „Aber ich bin gestern extra hergekommen! Wieso hat er mich nicht angerufen?" Er griff an seine Hosentasche, doch sein Handy war nicht da. „Na toll", fluchte er, und ließ sich auf dem Hocker Mia gegenüber fallen. „Ich hab mein Telefon im Haus meiner Tante vergessen. Oder es liegt irgendwo draußen im Schnee."

„Du wohnst bei deiner Tante?" Sie nahm einen großen Löffel aus einer Schublade und begann in den großen Topf herumzurühren.

„Nicht direkt bei ihr." Er fuhr sich mit einer Hand durch sein immer noch feuchtes Haar. „Sie hat mir letzte Nacht ihr Gästezimmer angeboten."

„Warte", sie hielt mitten in der Bewegung inne. „Das heißt, du arbeitest gar nicht hier."

„Irgendwie schon." Seine Lippen verzogen sich zu einem Lächeln. „Ich vertrete zurzeit unseren Firmenanwalt, der sich eine Grippe eingefangen hat. Deshalb bin ich hier. Ich wollte mit meinem Cousin ein paar Unterlagen durchgehen, bevor ich zurück nach München muss."

Mia verschlug es die Sprache. Sie hatte keine Ahnung, wie sie darauf reagieren sollte. Er war mit Juan verabredet gewesen, seinem Cousin. Das hieß, er musste ebenfalls ein de Luca sein. Nun, wenn sie ihn sich jetzt genauer ansah, konnte sie eine gewissen Familienähnlichkeit auch erkennen. Und sie hatte ihn für einen Angestellten gehalten. Oh man, war das peinlich. Er musste sie ja für völlig verrückt halten. „Wenn du… Ich meine, wenn Sie wollen, kann ich Juan anrufen."

Ihre Blicke trafen sich und ihr wurde ganz heiß.

„Wieso siezt du mich plötzlich?" Seine Mundwinkel zuckten und er sah sie eindringlich an.

„Weil du so etwas wie mein Vorgesetzter bist. Warum hast du nichts gesagt, als ich dich für einen Kollegen gehalten habe?"

„Vielleicht, weil ich die meiste Zeit etwas unpässlich war", erwiderte er belustigt. „Außerdem bin ich nicht dein Vorgesetzter, auch nicht irgendwie. Ich bin Anwalt für Familienrecht und habe in Stuttgart meine eigene Kanzlei. Mit dem Familienunternehmen habe ich nichts zu tun. Außer wenn ich hin und wieder die Urlaubs- oder Krankheitsvertretung mache."

„Aha." Sie zwang sich, den Blick abzuwenden und sich wieder auf ihre Vorbereitungen zu konzentrieren.

„Mia, sieh mich an."

Ein Schauer durchfuhr ihren Körper, als sie ihren Namen aus seinem Mund hörte. Reflexartig sah sie hoch.

„Ich wollte dich nicht in Verlegenheit bringen. Ich fand es toll, wie du dich um mich gekümmert hast. Ehrlich gesagt verbringe ich gerne Zeit mit dir und würde das gerne wiederholen." Er deutete auf den Topf. „Vielleicht wenn du nicht ganz so unter Zeitdruck stehst, wie im Moment. Hast du vielleicht Lust, dich in den nächsten Tagen mit mir zu treffen?"

Ungläubig starrte sie ihn an. „Soll das eine Einladung sein? Ich dachte, du willst heute noch zurück nach Deutschland."

Er zuckte mit den Schultern.

„Dann verschiebe ich meine Rückreise um ein paar Tage. Mein Bruder nervt mich sowieso schon die ganze Zeit damit, dass ich mir Urlaub nehmen soll. Und meine Tante hat bestimmt nichts dagegen, mir das Gästezimmer noch etwas län- ger zu überlassen. Also was sagst du?"

„Ich …" Was sollte sie sagen? Sie würde ihn gerne wiedersehen. Aber machte es überhaupt Sinn? Er kam aus Stuttgart und sie lebte hier. *Du machst dir viel zu viele Gedanken*, wies sie sich selbst zurecht. Nick hatte sie zu einer Verabredung eingeladen. Sie wollten nicht miteinander durchbrennen oder heiraten. „In Ordnung", stimmte sie zu, bevor sie es sich anders überlegen konnte. „Wie wäre es mit Dienstag, da habe ich frei."

„Gerne."

Er lächelte sie an und stand dann auf. „Gut, und jetzt sag mir, wie ich dir helfen kann. Immerhin ist es meine Schuld, dass du noch nicht fertig bist."

14 Dezember

*P*rüfend studierte Mia ihr Spiegelbild, während sich ein Kribbeln in ihrem Körper ausbreitete. Heute war es so weit. Heute würde sie mit Domenik ausgehen. Allein bei dem Gedanken an seinen Namen begann ihr Herz schneller zu schlagen. Ein Seufzer entfuhr ihr. *Das ist doch verrückt.* Sie kannten sich doch kaum. Ihr Blick wanderte an sich hinunter, zu dem schwarzen Kleid, das sie nur selten trug. *Ist das zu übertrieben?* Es war schlicht, jedoch auch elegant und passte perfekt zu ihrer schlanken Figur. Unsicher ließ sie ihre Finger über den weichen Stoff gleiten.

„Du willst das wirklich durchziehen?"

Sie wandte ihren Blick vom Spiegel ab und drehte sich um. Ella, ihre beste Freundin und Mitbewohnerin, stand mit verschränkten Armen in der Tür. „Wir gehen nur zusammen essen." Sie griff nach der Haarbürste und kämmte sich ihre langen Haare.

„Was weißt du schon über ihn? Er könnte irgend so ein verrückter Stalker sein."

„Das ist doch lächerlich. Er ist der Cousin meines Chefs."

„Na und? Er bombardiert dich ständig mit Nachrichten zu und taucht jeden Tag bei dir im Restaurant auf. Das ist nicht normal."

Mit einem leichten Knall legte sie die Bürste zurück auf den Tisch und griff nach einem Haargummi. „Du kennst ihn doch gar nicht," fuhr sie ihre Freundin an, obwohl sie sich selbst schon gefragt hatte, wo bei dieser ganzen Sache der Haken war.

Ihre Erfahrungen mit Männern waren nicht die besten. Mit ihrem letzten Freund war sie drei Monate zusammen gewesen, bis sie erfahren hatte, dass er sich außer mit ihr noch mit einer anderen Frau traf. Nicht zu vergessen der Typ, der ihr ständig irgendwo aufgelauert hatte, nachdem sie den Fehler gemacht hatte, einmal mit ihm auszugehen. Kein Wunder, dass Ella sie vor einer weiteren Enttäuschung beschützen wollte.

„Nick ist ganz anders als die Männer, mit denen

ich mich bisher getroffen habe."

Sie band sich ihre Haare zu einem Pferdeschwanz und betrachtete sich erneut im Spiegel. Sie war keine dieser Schönheiten, die man in den Hochglanzmagazinen sah, aber zufrieden.

„In Ordnung. Aber schreib mir, wenn du dich unwohl fühlst und ich dich raus holen soll."

„Ella!" Sie verdrehte die Augen.

„Was denn? Man kann nicht vorsichtig genug sein. Sonst hast du wieder so einen Typen am Hals, der dir ständig Blumen schickt und vor unserer Wohnungstür campiert."

Ihre Lippen verzogen sich zu einem Lächeln, als sie sich das bildlich vorstellte. Ihre Haut begann zu kribbeln. Seltsamerweise fand sie die Vorstellung alles andere als bedrohlich. Sie schüttelte den Kopf. Ihre letzte Beziehung war eindeutig schon zu lange her.

„Es ist nur eine Verabredung, kein Date." Wenn sie sich das oft genug sagte, würde sie es auch nicht vergessen. „Er ist nur für kurze Zeit hier, weil er hier Urlaub macht."

„Sei trotzdem vorsichtig. Ich will nicht, dass du erneut verletzt wirst."

„Ich …"

Das Klingeln unterbrach sie und sie sah auf die Uhr. „Oh, das wird er sein." Sie zwängte sich an ihrer Freundin vorbei aus dem Zimmer und eilte zur Haustür. Schnell schlüpfte sie in ihre Stiefel und zog sich den Mantel über. „Bis später", rief sie Mia zu und öffnete die Tür.

Domenik ließ das Haus, in dem Mia wohnte, nicht aus den Augen, während er seine Hände in die Taschen seines Mantels stopfte. Dicke weiße Flocken tanzten im Wind, die sich auf seiner Kleidung niederließen. *Na toll.* Es war wie ein Déjá-vu. Er zog sich seinen Schal enger um den Hals. Hoffentlich wurde es nicht so schlimm wie beim letzten Mal. Auf einen weiteren Schneesturm konnte er verzichten. Andererseits hätte er Mia sonst nicht kennengelernt.

Ein Lächeln huschte über sein Gesicht, als er an ihre erste Begegnung dachte. Noch nie hatte eine Frau so einen bleibenden Eindruck bei ihm hinterlassen. Für sie war er sogar bereit gewesen, seine Termine für die nächsten zwei Wochen abzusagen. Was sein Bruder erst für einen Scherz gehalten hatte. Denn seit der Eröffnung seiner Kanzlei vor ein paar Jahren hatte er das Wort Urlaub nicht mehr in den Mund genommen.

Die Haustür ging auf und Mia kam heraus. Sofort waren alle Gedanken an die Arbeit und seine offenen Termine verschwunden. Sie sah einfach bezaubernd aus. Er ließ sie nicht aus den Augen, während sie sich suchend umsah, und lächelte, als sie ihn entdeckte. Schnell ging er auf sie zu. „Hey. Schön, dass es geklappt hat." Er wollte sie umarmen und hob die Hände. In letzter Minute hielt er sich aber zurück und wischte sich mit den Händen über seinen Mantel. *Wieso bin ich nur so aufgeregt?* So kannte er sich gar nicht. Im Gegenteil. Normalerweise hatte er keine Probleme damit, auf Frauen zuzugehen. Doch Mia hatte etwas an sich, was ihn völlig aus der Bahn warf.

Er atmete tief durch und versuchte, sich zu beruhigen. Essen, sie wollten nur etwas essen gehen. Er sah sich um und versuchte, sich daran zu erinnern, in welche Richtung er sie führen musste.

Domenik wandte sich von ihr ab und sah sich suchend um. Mia runzelte die Stirn. *Habe ich etwas falsch gemacht?* Sie war sich sicher gewesen, dass er sich über ihren Anblick freute. Doch jetzt wirkte er irgendwie unnahbar und verschlossen.

„Wollen wir?"

Er wartete nicht auf eine Antwort von ihr, sondern ging los. Seinen Blick hatte er starr nach vorne gerichtet. Sie war wie vor den Kopf geschlagen. *Was ist heute mit ihm los? Hat ihm mein Outfit nicht gefallen? Oder ist er nur zu höflich, um mir zu sagen, dass er eigentlich gar nicht mehr mit mir ausgehen will?*

„Nick, ist alles in Ordnung?" Ihr Blick ruhte auf ihm, als er mitten in der Bewegung stehen blieb und sich zu ihr umdrehte. „Wenn du nicht mit mir essen gehen möchtest, dann sag es einfach."

Die Worte waren draußen, bevor sie es verhindern konnte, und klangen schärfer, als sie beabsichtigt hatte. Aber sie konnte sein Verhalten nicht verstehen. Er hatte sie schließlich eingeladen.

„Wie kommst du denn darauf?" Er kam zu ihr zurück und blieb direkt vor ihr stehen.

Sie zuckte mit den Schultern. „Du bist heute so anders und hast kaum ein paar Worte mit mir gesprochen."

„Tut mir leid." Mit einer Hand fuhr sich Domenik durch sein dunkles Haar. „Ich wollte dir nicht das Gefühl geben, als würde ich mich nicht auf unser Treffen freuen. Das tue ich wirklich. Ich möchte dich besser kennenlernen. Ich weiß nur nicht so recht, wie ich mich verhalten soll", gab er mit einem schiefen Lächeln auf den Lippen zu. „Ich will dich nicht - ich weiß nicht - verschrecken oder so."

Während Domenik sprach, spürte sie eine Welle der Erleichterung über sich hinwegrollen. Er hielt dieses Treffen also nicht für einen Fehler, sondern war einfach nur aufgeregt, genauso wie sie. Ihre Lippen verzogen sich zu einem Lächeln und sie legte sanft eine Hand auf seinen Arm. „Nick, du verschreckst mich nicht. Gut, wir haben uns erst vor ein paar Tagen kennengelernt. Aber bei all den Nachrichten, die wir uns in der letzten Zeit geschrieben haben, fühlt es sich so an, als würden wir uns schon viel länger kennen. Also mach dir nicht so viele Gedanken. Sondern lass uns den Abend einfach genießen."

„Einverstanden", stimmte Domenik ihr zu und reichte ihr seinen Arm. „Dann lass uns losgehen. Ich habe hier ganz in der Nähe ein wunderschönes Restaurant entdeckt. Aus ihrem Wintergarten hat man einen herrlichen Blick auf den Karren."

Im Mantel weiß die Erde schweigt,
der Schritt in Schnee, der weich sich neigt.
Im Flockentanz, so still, so sacht,
die Wanderung im Schnee, gibt Kraft und Macht.

Zum Ausklang find ich stille Ruh',
die Welt in Weiß deckt alles zu.
Ich kehre heim, die Seele warm -
bewahrt die Stille als inneren Schwarm.

15 Dezember

Mia hakte sich bei Domenik unter und sie gingen los. Er spürte, wie seine Nervosität immer mehr von ihm abfiel. Er hatte befürchtet, ihr erstes Treffen könnte unangenehm sein. Und am Anfang hatte es auch so ausgesehen. Doch nun, wo sie sich ausgesprochen hatten, genoss er die Zeit mit ihr. Immer wieder fanden sie Gesprächsthemen und sie zeigte ihm ihre Lieblingsplätze. Auf diese Weise fand er unheimlich viele Dinge über sie heraus, ohne dass er überhaupt fragen musste. So liebte Mia selbstgemachte Plätzchen in der Weihnachtszeit und Kakao mit Sahne und Zimt. Sie hatte zwei ältere Brüder, die sie während ihrer Teenagerzeit ständig in den Wahnsinn getrieben hatten. Nicht zu vergessen, ihre Sehnsucht als Kind unbedingt aus diesem kleinen Dorf herauszukommen. Nur um sich nach ihrer Ausbildung erneut an diesem Ort wiederzufinden, weil ihr die Hektik und die Anonymität in der Stadt nicht gefallen hatte. Ein Lächeln huschte über seine Lippen.

„Ich verstehe, warum es dir hier gefällt." Er blieb stehen, schloss die Augen und atmete tief ein. Frische kühle Luft umgab ihn. Er hörte das Zwitschern einiger Vögel, die den Winter über nicht nach Süden gezogen waren. Dieses kleine Bergdorf war nicht zu vergleichen mit der Stadt, in der er auf- gewachsen war. Dabei hatte er sich bisher immer für einen Stadtmenschen gehalten. „Es ist wirklich schön hier."

Etwas Hartes traf ihn an der Brust und er öffnete die Augen. Irritiert sah er an sich herunter und sah die Schneereste auf seinen Mantel. Mit erhobener Augenbraue blickte er zu Mia hin, die ihn belustigt ansah und einen weiteren Schneeball in seine Richtung warf. „Hey, was soll das?" Er drehte sich zur Seite, um dem Geschoss auszuweichen. *Was hat sie denn jetzt vor?* Seine Aufregung verschwand jedoch sofort, als er das Funkeln in ihren Augen sah. Mit einem Satz sprang er auf sie zu.

Lachend rannte Mia davon, als Domenik auf sie zukam. Sie war froh, dass sie sich für ihre Winterstiefel entschieden hatte, auch wenn sie nicht zum Kleid passten. Mit ihren Stöckelschuhen wäre sie auf der rutschigen Oberfläche bestimmt längst ausgerutscht und hingefallen.

Eine feste Hand legte sich um ihre Taille und zog sie an sich. Sie keuchte auf. Gänsehaut breitete sich über ihren Hals aus, als sie seinen warmen Atem in ihrem Nacken spürte. Instinktiv drehte sie sich um und kam ihm dadurch noch näher. Ihre Blicke trafen sich. Schweigend sahen sie sich an. Ihr Herz stolperte und setzte einen Schlag aus. Ein Teil in ihr wünschte sich, er würde etwas tun. Sie wollte seine großen Hände auf ihrer Haut spüren und dass er sie küsste, obwohl es dafür viel zu früh war. Das heute war nicht einmal ein richtiges Date. *Oder doch?* Für sie fühlte es sich immer mehr danach an.

Als hätte er ihre Wünsche erraten, zog Domenik sie näher an sich heran. Der würzige Duft seines Aftershaves stieg ihr in die Nase. Er beugte sich zu ihr hinunter und drückte seine Lippen auf ihre, weich und bestimmt zugleich. Hitze rauschte wie eine Welle durch ihren Körper und ihre Atmung setzte für einen Moment aus. *Was geschieht nur mit mir?* Sie schlang ihm ihre Arme um den Hals, um den Kuss zu erwidern, und vergaß völlig, wo sie sich befanden. Das hier fühlte sich so richtig an. Am liebsten würde sie ihn nie wieder loslassen.

Ihr Magen knurrte und Domenik löste sich von ihr. Röte stieg ihr in die Wangen. Sie hätte das Mittagessen heute nicht ausfallen lassen sollen. Aber sie hatte einfach nichts herunterbekommen.

„Lass uns weitergehen. Es scheint, als hättest du Hunger." Seine Lippen zuckten.

Sie wollte nicht gehen, sondern diesen Moment weiter auskosten und sehnte sich danach, ihn noch einmal so dicht an sich zu spüren. Doch erneut zog sich ihr Magen vor Hunger zusammen. Sie seufzte. „In Ordnung", stimmte sie zu und ließ sich von ihm weiterführen.

„Es ist wirklich schön hier." Domenik führte Mia an einen der freien Tische und betrachtete die Aussicht, die sie vom Wintergarten aus hatten. „Meine Tante hat nicht zu viel versprochen. Sie und mein Onkel haben hier nämlich ihren letzten Hochzeitstag verbracht."

„Ich weiß." Mia ließ sich auf einen der Stühle direkt am Fenster sinken. „Ich habe ihr dieses Restaurant empfohlen. Es gehört der Familie meiner Freundin. Hin und wieder helfe ich sogar in der Küche aus. Das ist immer ein ziemlicher Spaß."

Er setzte sich ihr gegenüber und sah sie überrascht an. „Wieso arbeitest du nicht ganz hier, wenn es dir so gut gefällt?"

„Nun, ich liebe es, hier zu arbeiten, und kann dabei einige Erfahrungen sammeln. Aber eigentlich träume ich von einem eigenen kleinen Café. Das ist aber nicht billig. Deshalb hoffe ich, dass dein Cousin mir auch in Zukunft die Organisation der Firmenfeiern überlässt. Mit dem zusätzlichen Geld kann ich mein BWL-Studium bezahlen."

Er runzelte die Stirn. „Wie schaffst du es, nebenbei noch zu studieren? Du arbeitest doch den ganzen Tag im Restaurant der Fabrik." Sie biss sich auf die Lippe und wich seinen Blick aus. „Mia?" Er berührte ihre Hand auf dem Tisch.

Sie seufzte und sah ihn wieder an. „Bitte, verrate es deinem Cousin nicht", flehte sie. „Ich mache ein Fernstudium und wenn gerade nichts los ist, nutze ich die Zeit zum Lernen."

„Das muss dir doch nicht unangenehm sein. Ich finde es toll, dass du an deinen Träumen festhältst. Das habe ich auch getan, als ich mich auf Familienrecht und nicht auf Wirtschaft spezialisiert habe. Außerdem bist du nicht verpflichtet, Juan darüber zu informieren."

Ein schwaches Lächeln erschien auf ihren Lippen. „Du hältst meine Pläne also nicht für verrückt?"

„Warum sollte ich?"

„Na ja, meine Eltern halten es für Geldverschwendung. Sie glauben nicht, dass ich von einem Café, so wie ich es mir vorstelle, leben kann. Besonders, weil es so viel große Ketten gibt."

Er schüttelte den Kopf und griff auch nach ihrer anderen Hand.

„Sicher wird die Selbstständigkeit nicht leicht sein. Sie ist immer mit einem Risiko verbunden. Auch meine eigene Kanzlei hat ein paar Monate gebraucht, bis sie Gewinn abgeworfen hat. Das heißt aber nicht, dass es unmöglich ist. Alles, was du brauchst, ist ein guter Businessplan und dabei kann ich dir sicher helfen. Sobald du soweit bist."

„Wirklich?" Sie strahlte ihn an. „Das wäre toll."

Erneut knurrte ihr Magen und er konnte sich ein Lachen nicht verkneifen. „Vorher sollten wir aber etwas zu essen bestellen, damit du nicht noch verhungerst."

Geschenke funkeln im Licht

16 Dezember

Wie ein Schlag ins Gesicht traf Shana der kalte Wind, als sie mit den beiden Koffern den Flughafen verließ. Schneeflocken fielen immer stärker vom Himmel und sie konnte froh sein, dass sie bei diesem Wetter überhaupt einen Flug bekommen hatte. Doch sie hatte nicht länger warten wollen.

Zu oft war sie in den letzten Wochen das Für und Wider durchgegangen. Bis sie irgendwann nicht mehr richtig schlafen konnte. Es wurde Zeit, einen Schlussstrich zu ziehen. Ein Lächeln breitete sich auf ihrem Gesicht aus, während sie sich ihren Schal enger um den Hals schlang. Und welcher Zeitpunkt war besser geeignet als die Weihnachtszeit?

„*Ciao Bella*. Brauchen Sie eine Mitfahrgelegenheit?"

Lachend drehte sie sich zu ihrem Mann um. „*Grazie Signore*. Dann hast du einen Wagen bekommen?"

Juan nickte und zeigte ihr den Wagenschlüssel. „Ich hoffe nur, es wird nicht schlimmer." Er sah nach oben in den Himmel. „Sonst können wir unseren Rückflug morgen vergessen."

„Dann bleiben wir eben ein paar Tage länger." Sie ging auf ihn zu und legte ihm ihre Arme um den Hals. „Du hattest schon ewig keinen richtigen Urlaub mehr. Und Juana wird es gefallen, noch etwas mehr Zeit mit ihren Cousins zu verbringen."

„Aber ob es meinem Bruder gefallen wird, wage ich zu bezweifeln. Er hat mit seinem Duo schon alle Hände voll zu tun und muss sich auch noch um seine Galerie kümmern. Ich …"

„Zur Not sind deine Eltern ja auch noch da", versuchte sie, ihn zu beruhigen. Sie wusste, wie schwer es ihm gefallen war, ihre gemeinsame Tochter zum ersten Mal alleine in Dornbirn zurückzulassen. Auch wenn er versucht hatte, es sich nicht anmerken zu lassen. Auf keinen Fall wollte sie, dass er sich unnötig Sorgen machte. „Sobald wir beim Haus sind, rufen wir an und sehen nach, wie es unserer Kleinen geht."

„Va bene." Sanft drückte Juan seine Lippen auf den Mund seiner Frau. „Lass uns fahren." Er konnte es kaum erwarten. Natürlich wusste er, dass seine Tochter bei seiner Familie in guten Händen war, doch er musste sich einfach selbst überzeugen. Sie war doch noch so klein.

Shana löste sich von ihm und ging zu den beiden Koffern zurück. „Vorher fahren wir aber noch zur Firma."

War das ihr Ernst? Er runzelte die Stirn. „Muss das jetzt sein?" Dafür blieb doch noch genug Zeit. Ihr Rückflug ging schließlich erst morgen Abend.

„Deshalb sind wir doch hergeflogen. Ich schiebe diese Sache sowieso schon viel zu lange vor mir her. Es wird Zeit, es endlich hinter mich zu bringen."

„Das verstehe ich ja." Er nahm ihr die Koffer ab und schob sie in Richtung der Parkplätze, wo ihr gemieteter Wagen stand. „Aber wir sind gerade erst angekommen. Lass uns doch wenigstens kurz zum Haus fahren, um unser Gepäck wegzubringen und den anderen zu sagen, dass wir gut angekommen sind. Danach können wir immer noch bei der Firma deines Vaters vorbeischauen."

Seufzend folgte sie ihm. „Von mir aus. Aber wir bleiben nur kurz. Nicht, dass wir uns am Ende so lange verquatschen, dass Leon bereits Feierabend hat."

„*Promesso.*" Er war mit allem einverstanden, solange er nur kurz mit seiner Tochter sprechen konnte. „Danach machen wir was immer du willst."

„Ich werde dich daran erinnern."

Eine Stunde später war von Shanas Entschlossenheit leider nicht mehr viel übrig. Ihr Herz hämmerte wie wild, als sie das Gebäude betrachtete, das für sie jahrelang wie ein Schreckgespenst gewesen war. Nie hatte sie an diesen Ort zurückkehren wollen, den sie bis heute nur mit Schmerz, Trauer und Verzweiflung in Verbindung brachte. Diesen Ort, der für ihren Vater zum einzig Wichtigen geworden war, nachdem ihre Mutter gestorben war. Sogar wichtiger als seine einzige Tochter.

„Bist du sicher, dass du dort alleine reingehen möchtest?", riss Juan sie aus ihren Gedanken. „Ich kann dich gerne begleiten."

„Ich komme schon klar", versuchte sie sich selbst Mut zu machen. Sie atmete tief durch und wandte sich ihrem Mann zu. Seine Anspannung war ihm ins Gesicht geschrieben, was es für sie seltsamer Weise etwas leichter machte. Denn das lenkte sie von ihrer eigenen Panik ab. „Du musst dir keine Sorgen machen."

„Mir gefällt es nicht, dich mit diesem Mann allein zu lassen. Ich will nicht, dass er dich noch einmal verletzt."

„Das wird er nicht." Sie legte Juan ihre Hände um den Hals und schmiegte sich an ihn. „Er will etwas von mir", rief sie Juan den Grund ihres Besuches in Erinnerung. „Er wird nicht so dumm sein, unfreundlich zu sein. Ich bin immerhin so etwas wie seine Chefin."

„Du hast ja recht!" Er zog sie noch näher an sich. „Ich mag diesen Kerl trotzdem nicht. Wenn wir wenigstens Domenik mitgenommen hätten."

Ein Lächeln huschte über ihr Gesicht. „Ich will nur schnell etwas abgeben, dafür brauche ich keinen Anwalt." Auch wenn sein Cousin ihr eine sehr große Hilfe war, indem er zwischen Leon und ihr vermittelte. „Warte doch einfach vorne im Café auf mich. Es wird nicht lange dauern. Danach können wir Shoppen gehen, mir fehlen noch einige Weihnachtsgeschenke."

„Mmh. Ich weiß nicht, ob mich die Aussicht stundenlang durch irgendwelche Läden und Geschäfte zu laufen so glücklich macht."

„Hey, du wolltest doch all das machen, was ich möchte." Sie pikste ihn mit ihrem Finger auf die Brust. „Aber ich will ja nicht so sein, du kannst die Wartezeit gerne nutzen, um dir etwas anderes auszudenken." Belustigt löste sie sich aus seiner Umarmung. „Jetzt geh schon."

Juan sah sie eindringlich an. Für einen Moment dachte sie, er würde sich weigern sie allein zu lassen. Dann nickte er. „Gut, aber beeile dich." Er berührte mit einer Hand sanft ihre Wange, wandte sich ab und ging die Straße hinunter zum Café.

Schweigend sah sie ihm nach, bis er in dem Gebäude verschwunden war. *Nun gibt es kein Zurück mehr.* Ein Seufzer entfuhr ihr, als sie sich wieder der Tür zuwandte, die zur alten Immobilienfirma ihres Vaters führte. Noch könnte sie einfach gehen und diese Sache ihrem Anwalt überlassen. *Nein*, ermahnte sie sich selbst. *Ich bin kein kleines Kind mehr, sondern Ehefrau und Mutter.* Es wurde Zeit für sie, erwachsen zu werden und sich selbst um ihre Probleme zu kümmern. Statt sich von anderen Helfen zu lassen. Sie straffte ihren Rücken und trat auf die Tür zu, bevor sie es sich anders überlegen konnte.

17 Dezember

*H*ier hat sich nichts verändert, stellte Shana fest, als sie sich mit klopfendem Herzen im Eingangsbereich umsah. Die dunklen schweren Möbel, die hellen sterilen Wände, genauso hatte sie diesen Ort in Erinnerung. Jetzt musste nur noch ihr Vater aus seinem Büro kommen, um mit seinem nächsten Kunden zu sprechen. Sie runzelte die Stirn. Etwas passte nicht ins Bild. Im Raum waren Lichterketten und Girlanden aus Tannenzweigen verteilt. In der linken Ecke stand ein großer geschmückter Weihnachtsbaum, und aus dem Radio hörte sie Weihnachtsmusik. So etwas hatte es hier früher nicht gegeben. Nach dem

Tod ihrer Mutter hatte Hannes van de Renne diesen Feiertag gehasst und für eine weihnachtliche Dekoration keine Notwendigkeit gesehen. Nicht nur hier in seinem Geschäft, sondern auch bei ihnen zu Hause.

„Guten Tag. Willkommen bei Van de Renne Immobilien. Kann ich Ihnen helfen?"

Sie zuckte zusammen, als sie die etwas forsche Stimme hörte, und wandte sich dem Empfangstresen zu. Diese Frau hatte sie noch nie gesehen, denn sie war eine Ewigkeit nicht mehr hier gewesen.

„Hallo. Ich bin …" Mitten im Satz brach sie ab, als sich das Büro ihres Vaters öffnete und ein dunkelhaariger Mann aus dem Zimmer kam.

„Elise, hat sich Herr de Luca inzwischen gemeldet? Er wollte …" Sein Blick schweifte auf sie. „Shana? Was machst du denn hier?"

Leon Ritter konnte seine Überraschung, sie zu sehen, nicht verbergen. Doch das wunderte sie nicht. Seit über einem Jahr hatten sie sich nicht mehr gesehen. Alles, was diese Firma betraf, ließ sie über ihren Anwalt regeln. Aber im Gegensatz zu ihrem früheren Aufeinandertreffen wirkte er jetzt nicht bedrohlich auf sie, sondern eher müde und abgespannt. Sie hatte den Eindruck, dass er in den letzten Wochen nicht genügend Schlaf bekommen hatte.

„Hallo Leon. Hast du kurz Zeit?" Sie zwang sich zu einem schwachen Lächeln.

„Natürlich. Komm." Er deutete in die Richtung,

aus der er gekommen war. „Möchtest du etwas trinken?"

Sie schüttelte den Kopf. „Ich will nicht lange bleiben." Sie folgte ihm ins Büro und ließ sich auf einen der Stühle vor dem Schreibtisch sinken. Neugierig sah sie sich in dem Zimmer um und staunte nicht schlecht. „Du hast hier kaum etwas verändert." Sogar die alten Bücher ihres Vaters standen noch an ihrem alten Platz.

Leon ließ sich auf seinen Stuhl hinter dem Schreibtisch sinken. Seine Miene war ausdruckslos. „Ich hatte in den letzten Monaten andere Probleme, als mich um die Einrichtung zu kümmern. Ich nehme an, dein Anwalt hat mit dir über meine geplanten Veränderungen gesprochen."

Sie nickte. „Deshalb bin ich hier." Sie öffnete ihre Tasche und zog einen großen Umschlag heraus. „Das ist für dich. Sozusagen als vorgezogenes Weihnachtsgeschenk."

Sichtlich verwirrt nahm Leon den Umschlag entgegen und öffnete ihn. Ohne eine Miene zu verziehen, sah er sich die Papiere an. Dann keuchte er plötzlich auf und sah sie ungläubig an. „Du willst mir einen Teil deiner Firmenanteile verkaufen? Ich dachte, dein Anwalt hätte es dir ausgeredet."

„Das hat er auch." Das war noch untertrieben. Er hatte sie für verrückt erklärt, als sie ihn gebeten hatte, diesen Kaufvertrag aufzusetzen. „Wir wissen beide, dass ich kein Interesse an der Geschäftsführung habe.

Es ist dir zu verdanken, dass hier alles so gut läuft. Mit dem Verkauf dieser Anteile gehört uns die Firma gemeinsam. Ich lass dir bei der Führung freie Hand, solange du meinem Anwalt ein regelmäßiges Update gibst. Du musst mich also nicht mehr wegen jeder Kleinigkeit um Erlaubnis fragen."

„Danke. Das bedeutet mir wirklich viel und ich weiß dein Vertrauen zu schätzen. Besonders, wenn man bedenkt, wie ich dich nach dem Tod deines Vaters behandelt habe."

Sie zuckte mit den Schultern. „Du wolltest die Firma meines Vaters retten. Das verstehe ich. Auch wenn die Art und Weise, wie du versucht hast, mich in eine Ehe zu drängen, nicht in Ordnung war. Doch dadurch bin ich mit Juan zusammengekommen. Und ein Leben ohne ihn möchte ich mir gar nicht vorstellen."

Sie stand auf und ging zur Tür. Sie wollte Juan nicht länger warten lassen. Bestimmt machte er sich bereits Sorgen und fragte sich, wo sie blieb.

Leon folgte ihr in den Eingangsbereich. „Es ging nicht nur um die Firma", stellte er klar.

So leise, dass sie ihn kaum verstand. Sie blieb stehen und drehte sich zu ihm um.

Mit einer Hand berührte er seine Schläfe. „Dein Vater war für mich nicht nur ein Geschäftspartner, sondern ein Freund. Er wollte, dass es dir gut geht und du nicht allein zurückbleibst."

„Das stimmt." Das wusste sie inzwischen, obwohl sie ihn in der Vergangenheit dafür gehasst hatte. „Sein letzter Wunsch war es, dass ich eine genauso glückliche Ehe führe, wie er mit meiner Mutter. Das hat er geschafft. Ich könnte nicht glücklicher sein. Nur nicht mit dem Mann, den er für mich ausgesucht hat."

„Das freut mich für dich."

Wie ein Tiger im Käfig lief Juan vor dem Gebäude auf und ab, in dem sich seine Frau befand. *Wo bleibt sie nur solange?!* Immer wieder sah er auf die Uhr. Am liebsten wäre er in die Firma gestürmt. Doch sie hatte diese Sache alleine erledigen wollen, das musste er akzeptieren. Egal, wie schwer es ihm auch fiel. Leider zog er mit seinem Verhalten bereits die Aufmerksamkeit der Passanten auf sich.

Erneut sah er auf die Uhr. Eine weitere Minute war vergangen. Seufzend blieb er stehen. *Was wenn doch etwas passiert ist?* Das letzte Mal, als sie mit diesem Leon allein gewesen war, hatte dieser sie tätlich angegriffen. Noch gut erinnerte er sich an die blauen Flecke auf ihren Oberarmen, wo er sie festgehalten hatte. Sein Blick glitt hin zur Eingangstür. Eigentlich sprach nichts dagegen, dass er im Vorraum wartete.

Bevor er sich jedoch wieder in Bewegung setzen konnte, ging die Tür auf und Shana kam heraus. Erleichtert atmete er auf und trat zu ihr. „*Cara*, da bist du ja." Er betrachtete sie eindringlich. „Bist du in Ordnung?"

Sie nickte und ihre Lippen zuckten. „Solltest du nicht im Café warten?"

„Nach zehn Minuten habe ich es dort nicht mehr ausgehalten. Wieso hat es solange gedauert? Du wolltest doch nur einen Brief abgeben."

„Wir haben uns noch ein bisschen unterhalten. Leon scheint ganz in Ordnung zu sein, wenn man ihn mit etwas Abstand betrachtet."

„Wenn du meinst." Er blieb skeptisch. In seinen Augen hatte dieser Leon eine Grenze übertreten, über die man nicht einfach so hinwegsehen konnte. Aber er wollte nicht länger über diesen Mann sprechen. Er legte ihr einen Arm um die Taille und zog sie an sich. „Lass uns jetzt den Nachmittag genießen. Ich dachte an einen Besuch auf dem Weihnachtsmarkt am Maria-Theresien-Platz. Dort finden wir bestimmt ein paar Weihnachtsgeschenke."

Verhüllt in Papier mit Muster fein,
fängt jedes Päckchen Geheimnisse ein.
Es flüstern Bänder: „Wartet nur ab",
bis Freude sich löst mit sanftem Krab.

Ein Herz schenkt gern, die Augen lachen,
Geschenke können so viel Freude machen.
Im Geben, Nehmen liegt Glück versteckt,
in warmen Momenten, die Liebe weckt.

Schnee

bedeckt ❄

den

Weg

18 Dezember

Schneeflocken verfingen sich in Emanuels Haaren und der Schnee knisterte unter seinen Füßen, als er seinen Koffer aus dem Kofferraum holte. *Endlich!* Ein erleichterter Seufzer entführ ihm. Endlich hatte er es geschafft. Vier Stunden hatte er auf der Autobahn im Stau gestanden, das hatte seinen Zeitplan völlig durcheinandergebracht. Jetzt brauchte er erst einmal eine heiße Dusche und eine Tasse Kaffee.

Er ging auf das große Haus mit Turmeckern und Fledermausgauben seiner Eltern zu. Sein Blick fiel auf die Weihnachtsdekoration seiner Mutter. Er wusste, sie hatte einen beeindruckenden Vorrat an Festtagsschmuck, den sie jedes Mal anders kombinierte. Aber in diesem Jahr befand sich, zusätzlich zu den vielen Lichterketten, den Weihnachtskugeln und der Rentier-Familie, ein lebensgroßer Weihnachtsmann an der Hauswand. Er zog die Brauen hoch. *Das kann doch nicht ihr Ernst sein.* Gut, es sah beeindruckend aus, das musste er zugeben. *Aber was soll dieser Aufwand?* Keiner seiner Geschwister wohnte noch zu Hause und die Weihnachtsfeiertage würden sie in diesem Jahr bei seinen Verwandten in Österreich verbringen.

Er schüttelte den Kopf und seufzte. „Sie hat eindeutig zu viel Zeit." Er öffnete die Haustür und ging hinein. Im Eingangsbereich stapelten sich Schuhe, an der Garderobe fand er kaum noch Platz für seinen Mantel und auf der Sitzbank entdeckte er einige ungeöffnete Briefe. Er runzelte die Stirn. *Was ist denn hier los?*

„Emanuel."

Die Stimme seiner Mutter ließ ihn aufblicken. Lächelnd kam sie auf ihn zu. Ihre Haare waren zerzaust und sie hielt ein Staubtuch in der Hand.

„Hallo Mama." Er umarmte sie und gab ihr einen Kuss auf die Wange. „Ist alles in Ordnung?" Er deutete auf das Chaos.

„Natürlich." Sie winkte ab. „Kina ist nur überraschend zu Besuch gekommen und ich habe ihrer Familie ein paar Tage freigegeben. Jetzt muss ich mich allein um das Aufräumen kümmern. Was bei so einem großen Haus gar nicht so einfach ist. Keine Ahnung, wie Marlene das schafft."

Er nickte leicht. *Das erklärt, warum die Einfahrt und die Parkplätze so zugeschneit sind.*

„Du erinnerst dich doch an Kina?"

Er blinzelte und sah seine Mutter irritiert an. „Mama! Wieso soll ich mich nicht an sie erinnern?" Die Tochter des Haushälterpaares seiner Eltern war schließlich in diesem Haus mit aufgewachsen und für ihn wie eine weitere Schwester gewesen. Bis sie nach ihrem Schulabschluss ohne ein Wort verschwunden war, um in Rostock eine Ausbildung zur Erzieherin zu machen. „Ich nehme an, es geht ihr gut."

„Frag sie selbst. Sie wird wohl noch ein paar Tage hierbleiben." Sie machte eine kurze Pause, bevor sie das Thema wechselte. „Jetzt muss ich mich um das Mittagessen kümmern. Hast du vielleicht einen besonderen Wunsch?"

„Du willst kochen?" Bei ihrem letzten Versuch vor ein paar Jahren hatte sie fast die Küche in Brand gesetzt. *Da wird interessant.*

Seine Mutter ging nicht auf seinen skeptischen Kommentar ein, sondern drehte sich um und ging auf die Küche zu. Schweigend folgte er ihr.

„Nun, ich werde schon etwas zaubern. Könntest du bitte draußen den Schnee schippen? Ich bin noch nicht dazu gekommen und dein Vater erholt sich immer noch von seiner Lungenentzündung."

„Klar, das kann ich machen", stimmte er zu. Er sah an seinen Anzug hinunter. „Ich zieh mich nur schnell um." Seine heiße Dusche und der Kaffee würden wohl warten müssen.

Den Rest des Vormittags verbrachte Emanuel damit, den Gehweg, die Einfahrt und die Parkplätze vom Schnee zu befreien. Das gestaltete sich allerdings als sinnfrei, weil es immer noch schneite. Keuchend machte er eine Pause und lehnte sich auf den Stiel der Schaufel. Seine Füße fühlten sich wie Eisklumpen an, während er unter seinem dicken Mantel schwitzte. Er sah sich um. Die von ihm gerade noch vom Schnee befreite Fläche sah schon wieder gepudert aus. *So werde ich nie fertig.* Langsam hatte er auch keine Lust mehr.

„Macht Schneeschippen bei diesem Wetter überhaupt Sinn?"

Er fuhr herum und hätte fast die Schaufel fallen lassen. Sein erschrockener Blick fiel auf die junge Frau, deren schwarze Haare unter ihrer weißen Strickmütze fast vollständig verdeckt waren. „Kina?" Das konnte doch nicht sein. Sie hatte kaum noch Ähnlichkeiten mit dem Mädchen, an das er sich erinnerte. Sein Herz begann schneller zu schlagen. „Entschuldige", fügte er hinzu, als ihm klar wurde, dass er sie anstarrte. Dann umarmte er sie kurz. „Du warst lange nicht mehr hier. Es ist schön, dich mal wieder zu sehen."

„Danke. Es tut gut, einmal wieder zu Hause zu sein. Nun ja, deinem Zuhause." Ihre Lippen verzogen sich zu einem Lächeln, welches ihre Augen aber nicht erreichte.

Er runzelte die Stirn. Wo war das lebensfrohe Mädchen geblieben, das mit seinen jüngeren Schwestern ständig für Ärger gesorgt hatte. „Du weißt, du bist in diesem Haus genauso willkommen, wie wir." Selbst seine Eltern betrachteten sie als Familienmitglied.

„Sicher." Ihr Blick glitt zurück zum Haus. „Ich sollte wieder reingehen. Ich wollte nur kurz frische Luft schnappen." Sie wandte sich ab.

„Kina, warte." Er stellte die Schaufel gegen die Mauer und griff nach ihrem Arm. „Was ist los? Ist irgendetwas passiert?"

Sie zuckte zusammen und entzog ihm ihren Arm. „Was soll los sein? Es geht mir gut."

„Ich glaube dir kein Wort. Du benimmst dich so komisch."

„Woher willst du das denn wissen?" Ihr Ton klang scharf und sie verschränkte die Arme vor ihrer Brust. „Wir haben uns seit fast sechs Jahren nicht mehr gesehen. Und auch davor waren wir kaum die besten Freunde. Also tue nicht so, als würdest du mich kennen." Sie ließ ihn stehen und ging zurück zum Haus.

Wortlos sah er ihr hinterher. Er hatte keine Ahnung, was da gerade passiert war. *Was ist nur mit ihr los?* Gut, es stimmte. Sie hatten nicht mehr so viel Zeit miteinander verbracht, nachdem er mit seiner Freundin zusammengekommen war. Doch davor waren seine jüngeren Schwestern, Kina und er unzertrennlich gewesen. Deshalb hatte es auch so weh getan, als sie nach ihrem plötzlichen Verschwinden nicht einmal mehr seine Anrufe angenommen hatte.

Seufzend ging er zurück zur Schaufel, um sie in den Schuppen zu bringen. Es machte keinen Sinn, weiter darüber nachzudenken. Was immer auch mit Kina los war, sie schien nicht darüber sprechen zu wollen, jedenfalls nicht mit ihm. Das musste er akzeptieren, auch wenn es ihm schwerfiel. Immerhin war sie für ihn wie eine Schwester. Das musste er sich immer wieder ins Gedächtnis rufen.

19 Dezember

*E*s war ein Fehler gewesen, hierher zurückzukommen. Das war Kina bereits klar gewesen, als sie vor dem weihnachtlich geschmückten Haus der Familie de Luca gestanden hatte. Zu sehr erinnerte dieser Anblick sie an das letzte Weihnachtsfest, das sie hier in diesem Haus verbracht hatte. An den Augenblick, der für sie wie ein Traum gewesen war, nur, um wenige Tage später hart auf die Wirklichkeit zu treffen. Aber nach dem, was in den letzten Tagen passiert war, hatte sie einfach nach Hause kommen müssen. Nur war sie davon ausgegangen, dass bis auf ihre Eltern niemand hier sein würde.

Sie sah, dass ihre Hand zitterte, als sie die Eingangstür öffnete und atmete tief durch. *Ich muss mich beruhigen. Er wird mit Sicherheit nicht lange bleiben.* Seine gesamte Familie war zu Weihnachten nach Österreich eingeladen, das hatte ihre Mutter ihr erzählt. Ihr Blick fiel auf die grüne Weihnachtsgirlande, mit den roten und goldenen Kugeln und den Lichtern, die sich die Treppe hinauf zog. Und den Mistelzweig, der über der Türschwelle baumelte. Ihr Magen krampfte sich zusammen. Sie ging ein paar Schritte zurück. *Ich muss raus hier.*

Sie rannte förmlich aus dem Haus, schlug die Tür hinter sich zu und eilte in den Garten. Am liebsten wäre sie in ihren Wagen gestiegen und einfach losgefahren, doch sie wollte Emanuel nicht erneut begegnen. Sie hatte geglaubt, sie hätte die Vergangenheit hinter sich gelassen. Schon seit Jahren hatte sie nicht mehr daran gedacht. Doch dieses Haus und Emanuel hatten alles wieder hochgeholt. Die Sehnsucht, die Hoffnung und den Schmerz. *Warum kann ich ihn nicht einfach vergessen?*

Sie erreichte das Gewächshaus, das ihre Mutter seit Jahren liebevoll pflegte, und ging hinein. Schneeflocken landeten sanft auf dem Dach. Der Duft der unzähligen Blumen und Kräuter umfing sie und dank der Heizung herrschte eine angenehme Temperatur. Das war schon als Kind ihr Lieblingsort gewesen. Oft hatte sie im Winter mit einem Buch in einer Ecke gesessen und sich vorgestellt, sie säße mitten in einer Blumenwiese. Ja, sie hatte diesen Ort geliebt und niemals fortgehen wollen. Bis dieser eine Kuss alles veränderte.

„Kina?"

Sie zuckte zusammen und drehte sich um, als sie Emanuels Stimme hörte. *Wieso kann er mich nicht in Ruhe lassen?* „Bist du mir etwa gefolgt?"

„Nein. Ich wollte nur die Schaufel zurück in den Schuppen stellen. Da habe ich gesehen, wie du ins Gewächshaus gelaufen bist. Kina …" Er zögerte kurz. „Ich weiß, dass du nicht darüber reden willst. Aber ich merke doch, dass dich etwas beschäftigt. Vielleicht kann ich dir helfen."

Er wollte ihr helfen? Ausgerechnet er? Sie wusste nicht, ob sie lachen oder schreien sollte. Nur seinetwegen saß sie jetzt in Schwierigkeiten. Wenn er nicht gewesen wäre, dann … Nein! Das war nicht fair. Gut, er hatte sie damals unter dem Mistelzweig geküsst. Aber er hatte ihr nie irgendwelche Versprechungen gemacht. Sie war diejenige, die diesem Kuss zu viel Bedeutung beigemessen hatte. Die geglaubt hatte, er würde ihre Gefühle erwidern. Doch sie konnte einfach nicht vergessen, wie er ihr nur wenige Tage nach diesem Kuss seine neue Freundin vorgestellt hatte.

„Kina?"

Er kam näher auf sie zu. Sein Duft stieg ihr in die Nase und eine nachtschwarze Strähne fiel ihm in die Stirn. Ein Kribbeln breitete sich in ihrem Körper aus und sie musste schlucken. Wieso musste sie nach all dieser Zeit immer noch so heftig auf ihn reagieren?

Sein Blick landete auf ihren Lippen und sie hielt unwillkürlich den Atem an. Sie waren allein. Anders als damals, wo sie von seiner Mutter überrascht worden waren. Er beugte sich zu ihr hinunter und ihr Herzschlag verdreifachte sich. Im nächsten Moment spürte sie seine Lippen auf ihren Mund und seine Hände um ihre Taille. Sie war wie erstarrt. Jedenfalls im ersten Moment. Dann drangen alle unterdrückten Gefühle an die Oberfläche, die sich in den letzten Jahren in ihr aufgestaut hatten. Wie von selbst gruben sich ihre Finger in seinen durch den Schnee feuchten Mantel und sie begann seinen Kuss zu erwidern. Er zog sie noch dichter an sich und küsste sie, als gäbe es keinen Morgen. Als hätte er genau wie sie nur auf diesen Moment gewartet und sich genauso sehr danach gesehnt wie sie.

„Kina? Ist alles in Ordnung mit dir?"

Seine Worte klangen wie eine kalte Dusche und sie musste blinzeln. Wenige Meter vor ihr war er stehen geblieben und sah sie besorgt an. *Oh nein. Das kann nicht wahr sein. Nicht schon wieder.* Sie hatte gedacht, sie hätte diese Tagträumerei längst hinter sich gelassen. Hitze stieg ihr in die Wangen.

„Es geht mir gut", stieß sie heiser hervor. „Ich möchte nur allein sein. Ist das zu viel verlangt?"

„Nein." Seine Miene wurde ausdruckslos. „Ich verschwinde schon. Tut mir leid, wenn ich dich belästigt habe." Er wandte sich ab.

„Warte." Mit einer Hand berührte sie ihre Schläfe. „Es tut mir leid, so habe ich es nicht gemeint. Ich bin im Moment einfach nicht gut drauf." Sie seufzte und setzte sich zwischen den duftenden Blumen. „Mir wurde gekündigt", gestand sie. Auch wenn sie nicht genau wusste, warum sie ausgerechnet mit ihm darüber sprach. Sie hatte es noch nicht einmal ihren Eltern erzählt. „Scheinbar haben sich einige Mütter über mich beschwert."

„Und deswegen wurdest du gleich entlassen?"

Sie zuckte mit den Schultern. „Ich hatte schon länger Probleme mit meinem Chef. Ich schätze, diese Beschwerden waren für ihn eine gute Gelegenheit, mich endlich loszuwerden. Aber es ist in Ordnung." Im Grunde war sie froh, ihren aufdringlichen Vorgesetzten nicht länger sehen zu müssen. „Ich werde schon bald etwas Neues finden. Trotzdem war es ein Schock und mir fehlen meine Kinder. Ich habe dort seit meiner Ausbildung gearbeitet. Ich wollte auf andere Gedanken kommen, deshalb hatte ich beschlossen, meine Eltern zu besuchen. Sie haben mir gefehlt."

„Wieso kommst du nicht einfach ganz nach Stut – gart zurück? Du kannst dir hier einen neuen Job suchen. Ich habe sowieso nie verstanden, warum du ausgerechnet in Rostock, und nicht hier, deine Ausbildung gemacht hast."

Weil ich es nicht länger ertragen habe, dich mit deiner Freundin zusammen zu sehen, hätte sie am liebsten geantwortet. Doch sie hielt sich zurück. Es spielte keine Rolle mehr. Das hier war keins ihrer Liebesromane, in denen die Frau am Ende mit dem Mann ihrer Träume zusammenkam. Es war die Realität. Sie musste sich damit abfinden. „Es gefällt mir dort. In Rostock habe ich meine Wohnung und meine Freunde." Sie atmete tief durch, stand auf und wischte sich den Sand von der Hose. „Ich sollte zurück zu meinen Eltern. Sie fragen sich bestimmt schon, wo ich bin. Es war schön, dich wiederzusehen."

„Das fand ich auch."

Seine Worte klangen aufrichtig und sie hatte das Gefühl, dass er ihr noch etwas sagen wollte. Doch er schwieg. Sie wandte den Blick ab und ging davon.

Sinnlich

duftet

der

Glühwein

20 Dezember

Nur widerstrebend hatte Jade an diesem Morgen die gemütliche Wärme in ihrem Elternhaus verlassen. Viel lieber hätte sie auf die Rückkehr ihrer Eltern gewartet, um sich mit ihnen einen schönen Tag zu machen. Doch die funkelnde Weihnachtsdekoration und der Anblick der sanft beleuchteten, weihnachtlich geschmückten Stände auf dem Weihnachtsmarkt entschädigten sie für die Kälte, die ihr entgegenschlug.

Kurz blieb sie stehen und ließ ihren Blick über die laut schwatzende Menge schweifen. Es war noch früher Nachmittag, trotzdem waren viele Leute unterwegs und vor den rustikalen Hütten und blinkenden Schaugeschäften bildeten sich kleine Schlangen. Zu sagen, der Weihnachtsmarkt wäre überfüllt, wäre eine Untertreibung des Jahres gewesen. Ein ihr vertrauter Anblick, besonders an den Wochenenden. Ebenso vertraut war ihr der Duft von gebrannten Mandeln, Zimt und Langos.

Ihre Lippen verzogen sich zu einem Lächeln, als sie sich auf dem Weg zum Pfarrpark machte, wo sie sich als Helfer für die Back- und Bastelstube eingetragen hatte, um mit den Kindern Plätzchen und andere Weihnachtsdesserts zu backen. Wie den *Panettone*, nach dem Rezept ihrer italienischen Großmutter. Die Pflastersteine waren von einer dicken weißen Schicht bedeckt. Der Schnee knirschte unter ihren Stiefeln und ihr dicker Wintermantel knisterte bei jeder Bewegung. Vereinzelte Flocken legten sich auf ihre Haare, die unter der dicken Wollmütze herausguckten, und fremde Ärmel streiften sie, während sie sich durch die Menschenmenge schob.

Ein älterer Mann mit Geige fing an, ein Weihnachtslied zu spielen, und sie blieb stehen. *Leise rieselt der Schnee.* Sie erkannte das Lied sofort. Und es passte perfekt. Sie fischte eine Münze aus ihrem Mantel, warf sie in den offenen Geigenkoffer und lächelte ihn an. Dann wandte sie sich ab und wollte gerade weitergehen, als sie etwas Hartes im Rücken spürte und etwas Heißes auf ihrer Hose.

„Können Sie nicht aufpassen?"

Ungläubig drehte sie sich um und betrachtete den dunkelhaarigen Mann, der in sie hineingelaufen war. Er war bestimmt fast einen Kopf größer als sie. Dabei war sie selbst nicht gerade klein. Seine Handschuhe waren feucht und er starrte auf einen Becher, der zwischen ihnen auf den Boden lag. „Sie sind in mich hineingelaufen."

Sein Blick fuhr hoch und er starrte sie mit zusammengekniffenen Augen an. Er konnte nicht viel älter sein als sie. „Wenn Sie nicht mitten im Weg stehen geblieben wären, wäre das nicht passiert. Sie könnten sich wenigstens entschuldigen."

„Ja, klar." Sie verdrehte die Augen und ging weiter. Das hätte er wohl gerne. Leider hatte der Schnee unter ihren Füßen andere Pläne. Ohne Vorwarnung erwischte sie eine glatte Stelle und rutschte weg. Alles passierte so schnell, dass ihr keine Zeit blieb zu reagieren. Der Boden kam immer näher. Da schlang jemand von hinten die Arme um sie und hielt sie fest. Zögernd lehnte sie sich zurück. Ihr Herz hämmerte wie verrückt.

„Sie sollten wirklich besser aufpassen, wo Sie hingehen."

Die spöttischen Worte des Mannes, mit dem sie zusammengestoßen war, holten sie in die Realität zurück. Sie riss sich los und funkelte ihn an. „Danke für den Hinweis, aber ich komme schon zurecht."

„Wirklich?" Seine Lippen verzogen sich zu einem spöttischen Lächeln. „Für mich sieht das nicht so aus. Aber zum Dank können Sie mir ja einen Glühwein ausgeben. Immerhin habe ich ihretwegen meinen verschüttet."

„Sie sind wirklich unglaublich." Kopfschüttelnd wandte sie sich ab und setzte sich wieder in Bewegung. Dieses Mal achtete sie jedoch genau darauf, wo sie hintrat.

„Jetzt warten Sie doch."

Sie hörte, wie er ihr folgte. Sie hatte aber keine Lust, weiter mit ihm zu sprechen. *So ein Idiot. Er soll mich bloß in Ruhe lassen.*

Mit seinen langen Beinen hielt er jedoch mühelos Schritt und war schon nach kurzer Zeit an ihrer Seite. „Es tut mir leid. Ich hätte Sie nicht so anfahren sollen."

Sie blieb stehen und wandte sich ihm zu. „Dann sehen Sie endlich ein, dass die Sache mit Ihrem Glühwein nicht meine Schuld gewesen ist?"

„Mmh, einigen wir uns doch darauf, dass wir bei diesem Zusammenstoß beide nicht ganz unschuldig waren."

„Von mir aus." Sie zuckte mit den Schultern. „Es tut mir leid, dass ich ohne Vorwarnung stehen geblieben bin."

„Siehst du, das war doch gar nicht so schwer." Wie selbstverständlich war er plötzlich zum Du übergegangen.

Sie stieß einen Seufzer aus.

„Schon gut, ich höre damit auf. Hast du Lust auf eine Tasse Glühwein als Wiedergutmachung? Ich lade dich auch ein."

„Ich …" Sie stockte. Sein neckender Ton löste ein Kribbeln in ihrem Magen aus, der sich rasch bis in ihre Gliedmaßen ausbreitete und die Kälte vertrieb.

„Komm schon. Ich möchte mein Verhalten wiedergutmachen."

Ihre Lippen verzogen sich zu einem Lächeln. Eins musste man ihn lassen, hartnäckig war er. Bevor sie jedoch antworten konnte, fiel ihr Blick auf die Kirchturmuhr hinter ihm und sie erstarrte. „Mist, es tut mir leid, ich kann nicht. Ich bin schon viel zu spät." Ohne auf eine Antwort zu warten, wandte sie sich ab und eilte davon.

Verdutzt sah Noah ihr hinterher. Sie war so schnell verschwunden, dass ihm gar keine Zeit geblieben war zu reagieren. Er kannte noch nicht einmal ihren Namen oder ihre Nummer. *Du Idiot*, beschimpfte er sich selbst und versuchte, sie in der Menge zu finden, um ihr zu folgen. Aber sie war nicht mehr zu sehen. „Super." Da stieß er aus heiterem Himmel mit einer hübschen Frau zusammen und hatte keine Ahnung, wie er sie wiedersehen konnte. Das konnte auch nur ihm passieren.

Seufzend ging er zurück zum Stand, um sich einen neuen Becher Glühwein zu besorgen, als sein Handy vibrierte. Er zog es aus der Hosentasche. Fragezeichen leuchteten ihm entgegen und er öffnete den Chat.

Noah, was soll das? Wieso hast du aufgelegt? 13:50 Uhr

Wo steckst du??? Ich dachte, du bist gleich hier? 14:05 Uhr

???? 14:10 Uhr

Verdammt, er hatte Kathy völlig vergessen.

Er drückte auf das Telefonsymbol. Schon beim ersten Klingeln ging jemand ran.

„Noah, was soll das?", fuhr sie ihn an. „Ich muss zur Arbeit. Wo steckst du?"

„Beruhige dich. Ich bin gleich da. Du …" Weiter kam er nicht, denn Kathy fiel ihm ins Wort.

„Das hast du vor 20 Minuten auch schon gesagt." Kinderstimmen waren am anderen Ende zu hören. „Ich kann nicht länger warten, ich komme jetzt schon zu spät. Livy und Leon sind in der Back- und Bastelstube. Schaff deinen Hintern hier her. Ich hole sie dann morgen wieder ab."

„Kathy …", begann er, doch sie hatte bereits aufgelegt. Er berührte mit einer Hand seine Schläfe. *Na toll.* Das würde er wieder ewig zu hören bekommen.

21 Dezember

*V*öllig außer Atem erreichte Jade das Gebäude, in dem die Back- und Bastelstube untergebracht war, und ein verführerischer Duft nach Vanille und Zimt stieg ihr in die Nase. Obwohl sie gerade erst geöffnet hatten, war die Stube bereits gut besucht. Kinder standen an den Tischen und lachten herum, während die anderen Helfer Papier, Stifte, Kleber und Watte verteilten, um Weihnachtsmänner und Schneeflocken zu basteln. Ihre Lippen verzogen sich zu einem Lächeln. Sie erinnerte sich noch gut an die Zeit, als sie selbst eines dieser Kinder gewesen war. Mit ihren Freundinnen hatte sie in der Adventszeit fast jeden Tag hier verbracht. Es war ein gutes Gefühl, jetzt dafür zu sorgen, dass die anderen Kinder hier eine genauso schöne Zeit hatten.

„Jade. Da bist du ja."

Sie drehte sich um. „Ciao Marie", begrüßte sie die ältere Frau, mit der sie schon in den letzten Jahren zusammengearbeitet hatte, und öffnete ihren Mantel. „Tut mir leid, dass ich zu spät bin. Es kommt nicht wieder vor. Habt ihr schon mit dem Backen angefangen?"

„Zwei Kinder sind schon da. Du kannst gerne übernehmen."

„Super, dann fange ich gleich an."

Sie hängte ihren Mantel an den Haken und begab sich zur Backstube.

Ein dunkelhaariger Junge und ein blondes Mädchen mit Zöpfen saßen an einem der Tische und rollten Teig aus.

„Buongiorno", begrüßte sie die beiden und nahm ihnen gegenüber Platz. „Ich bin Jade und wie heißt ihr?"

„Ich bin Leon, und das ist meine Schwester Livy."

„Schön, euch kennenzulernen." Sie runzelte die Stirn. Die Kinder wirkten ihr seltsam vertraut. „Wart ihr letztes Jahr auch hier?"

Die beiden Kinder schüttelten den Kopf.

„Wir sind letzte Woche hergezogen", berichtete Leon, und wandte sich wieder seinem Teig zu.

Schweigend sah sie den beiden zu. Während Leon, der deutlich älter war als seine Schwester, die Teigrolle schnell hin und herbewegte, ging Livy langsamer vor und schien ganz in ihre Aufgabe vertieft zu sein.

„Versuch, deinen Teig ruhig noch dünner auszurollen", riet sie ihr, als die Kleine ihre Teigrollen zur Seite legte und nach einer Ausstechform griff. „Wenn du willst, helfe ich dir."

Das Mädchen nickte und lächelte sie schüchtern an.

„Ich mach das schon", unterbrach ihr Bruder sie und griff nach dem Brett seiner Schwester.

„Das ist sehr nett von dir." Sie stand auf, um den Herd anzuschalten.

Der Junge zuckte mit den Schultern und fing an, den Teig zu bearbeiten. Seine Miene blieb ausdruckslos und sie hatte das Gefühl, er wollte diese Sache hier nur schnell hinter sich bringen. Das erinnerte sie ein bisschen an ihren Cousin, der mit diesem ganzen Adventszirkus auch nie viel anfangen konnte.

„Da seid ihr ja."

Eine Männerstimme hinter ihr riss sie aus ihrer Erinnerung. *Die Stimme kenne ich doch.* Blinzelnd sah sie sich um. Sie erstarrte mitten in der Bewegung, als sie den Mann erkannte, mit dem sie vorhin zusammen gestoßen war. Das konnte doch nicht sein. Nie hätte sie damit gerechnet, ihn noch einmal wiederzusehen. War er ihr etwa schon wieder gefolgt?

Erleichtert ging Noah auf Leon und Livy zu, die allein an einem Tisch ganz weit hinten im Raum saßen. Nachdem er die Kinder in dem mit immergrünen Tannen und bunten Lichterkugeln geschmückten Raum nicht finden konnte, hatte er schon geglaubt, sie wären nicht mehr da. Keine Ahnung, wie er das deren Mutter hätte erklären sollen.

„Was machst du denn hier?"

Er wandte seinen Blick von den Kindern ab und sah zur Frau hin, die auf ihn zukam. Er erkannte sie sofort und sein Herzschlag beschleunigte sich. „Das ist ja eine Überraschung. Wenn ich gewusst hätte, dass du hier bist, hätte ich dir einen Glühwein mitgebracht."

Sie blieb vor ihm stehen und verschränkte die Arme vor der Brust. „Willst du mir wirklich weiß machen, dass du mir nicht hinterhergelaufen bist?"

„Es ist die Wahrheit. Ich wollte dir folgen", gab er zu. „Ich hatte dich nicht einmal nach deinen Namen gefragt und wollte dich gerne wiedersehen. Aber du warst zu schnell verschwunden."

Seine hübsche Unbekannte runzelte die Stirn.

„Und wieso bist du ausgerechnet hierhergekommen?"

„Wegen Leon und Livy." Er deutete auf die Kinder hinter ihr. „Sie sind die Kinder meiner Schwester. Ich kümmere mich bis morgen um sie, weil Kathy Nachtschicht hat. Ich heiße übrigens Noah. Noah Malin."

„So wie das Gestüt?"

Er nickte. „Es gehört unserer Familie."

Jade starrte ihn schweigend an. Sie hatte keine Ahnung, was sie sagen sollte. Sie hatte noch nie an Schicksal oder Zufälle geglaubt. *Doch wie hoch ist die Chance, dass ich einem gut aussehenden Mann nicht nur einmal, sondern gleich zweimal über den Weg laufe?* Das musste doch etwas zu bedeuten haben. Auch wenn eine neue Beziehung das letzte war, was sie im Moment gebrauchen konnte.

„Jade de Luca", erwiderte sie ihm, als er die Brauen hob. Er runzelte die Stirn. Es war nicht zu übersehen, dass ihm ihr Name bekannt vorkam. „So wie die Modekette", fügte sie hinzu. „Auch ein Familienunternehmen."

„Die Welt ist wirklich klein, nicht?"

Einige Kinder betraten lachend das Zimmer und Jade brach den Blickkontakt ab. „Entschuldige, ich muss mich um meine neuen Gäste kümmern."

Sie wartete nicht auf eine Antwort, sondern eilte auf die Gruppe zu. Immer wieder sah sie zu ihm hinüber, während sie die Bretter, Teigrollen und den Plätzchenteig für die Kinder holte. Er hatte auf der Bank gegenüber den Kindern Platz genommen und unterhielt sich leise mit ihnen. Das kleine Mädchen lachte und schien immer mehr aufzutauen. Nur ihr Bruder wirkte weiter gelangweilt und verzog keine Miene, als er die ausgestochenen Plätzchen auf das Backblech legte.

Sie ging zurück zur Küchentheke, um noch mehr Ausstechformen zu besorgen. Plötzlich registrierte sie eine Bewegung hinter sich und der Geruch von Noahs Aftershave stieg ihr in die Nase. Ihr Atem setzte für einen Moment aus. Seine Brust berührte sie nicht, doch sie konnte spüren, wie diese sich hob und senkte. Keine Sekunde später streckte er seinen Arm aus und griff nach der Ausstechform in Form eines Engels, die neben ihr lag. Dabei spürte sie seinen warmen Atem im Nacken und Gänsehaut breitete sich auf ihrem Hals aus.

„Entschuldige." Sie schob sich zur Seite und versuchte Abstand zwischen ihnen zu bringen. Ein leises Lachen ertönte und sie drehte sich zu ihm um. „Was ist so lustig?"

„Na du. Du kannst nicht leugnen, dass da etwas

zwischen uns ist."

„Vielleicht bildest du dir das auch nur ein." Sie griff mit einer Hand wahllos nach einigen Ausstechformen. Bevor sie ihn jedoch stehen lassen konnte, stützte er sich links und rechts neben ihr mit seinen Armen auf die Theke. „Hey, was soll das?"

„Eigentlich dachte ich, wir hätten diesen Punkt bereits geklärt. Was ist so schlimm daran, dass ich dich gerne besser kennenlernen möchte?"

„Das hat nichts damit zu tun. Es macht für mich nur keinen Sinn. Ich lebe in Heidelberg und bin nur zu Besuch bei meinen Eltern."

„Ja und? Für mich ist das kein Hinderungsgrund. Ich lebe ja auch nicht mehr hier, sondern in Darmstadt. Was, wenn ich mich nicht irre, gar nicht mal so weit von Heidelberg entfernt ist. Und ich bitte dich nur um ein Treffen. Ich erwarte nicht, dass du mich gleich heiratest."

Sie konnte sich ein Lächeln nicht verkneifen.

„Noah, ich …"

„Bitte sag ja", fiel er ihr ins Wort. „Mir fehlt die Zeit dich weiter zu überzeugen. Sobald Livy und Leon mit ihren Plätzchen fertig sind, möchten sie mit mir noch ein bisschen über den Weihnachtsmarkt gehen. Es ist ihr Abend und ich habe es ihnen versprochen. Doch ich möchte dich unbedingt wiedersehen."

„Gut, in Ordnung", stimmte sie zu, als ihr auffiel, dass die Kinder im Raum sie bereits anstarrten. „Es geht aber nur morgen Vormittag, nachmittags bin ich wieder für die Backstube eingeteilt."

„Kein Problem." Er zog seine Hände weg und gab sie frei. „Ich hole dich dann nach dem Frühstück ab."

22 Dezember

Schon als sie die Treppenstufen aus ihrem Zimmer herunterging, stieg Jade der Duft nach frischem Teig, Gewürzen und Kräutern entgegen. Heute konnte ihr dieser Geruch jedoch kein Lächeln ins Gesicht zaubern.

Was habe ich mir dabei gedacht, mich von Noah so überrumpeln zu lassen? Sie sollte es doch besser wissen. Ihr Exfreund war vom gleichen Schlag gewesen. Charmant mit einer unerklärlichen Anziehungskraft, und sie wusste ja, wie das geendet hatte. Bereits bei der ersten Krise hatte er sie im Stich gelassen. Schlimmer noch, er hatte sich gegen sie gestellt, ohne ihr eine Chance zu geben, sich zu rechtfertigen.

Seufzend betrat sie die leere Küche, die deutliche Spuren der Backarbeiten ihrer Mutter aufwies. Mehlreste befanden sich auf dem Tisch. Ausstechformen, Schüsseln und Gewürztüten lagen überall herum und auf der Arbeitsplatte dampfte ein frischer *Panettone*. Ihr Magen krampfte sich zusammen und sie griff nach der Keksdose, wo sich zum Glück noch einige Kekse befanden. Genüsslich biss sie hinein. „Mmh“, seufzte sie. Ihre Mutter war wirklich die beste Köchin, die sie kannte.

Sie nahm sich noch fünf weitere Kekse heraus und verstaute sie in einer Glasbox. Anschließend gab sie noch die letzten drei Stücke vom *Pandoro* dazu und nahm eine Wasserflasche aus dem Schrank. Das sollte für den heutigen Vormittag reichen. Das hoffte sie jedenfalls, denn sie hatte keine Ahnung, wo Noah mit ihr hinwollte. *Wenn er überhaupt kommt.* Am Ende machte sie sich völlig grundlos verrückt.

Das Klingeln an der Tür riss sie aus ihren Gedanken. „Mist!“ Das musste er sein. Ihr Herzschlag beschleunigte sich und in ihrem Magen begann es zu kribbeln. *Vielleicht sollte ich so tun, als wäre ich nicht da*, ging es ihr durch den Kopf.

Aber sie verwarf den Gedanken gleich wieder. Es handelte sich nur um eine Verabredung. Einen Vormittag mit ihm würde sie schon überstehen. Es war ja nicht so, als wäre er ihr völlig unsympathisch. Wenn er nur nicht so eine starke Wirkung auf sie hätte.

Sie schob die Glasbox in ihren Rucksack und ging zur Haustür. Er stand mit dem Rücken zu ihr, als sie die Tür öffnete, und sah sich suchend um. „Buongiorno."

Ruckartig drehte er sich zu ihr um und ein Lächeln erschien in seinem Gesicht. „Hey, ich dachte schon, du hättest mich versetzt."

Röte stieg ihr in die Wange und sie wechselte schnell das Thema.

„Woher weißt du eigentlich, wo ich wohne?"

Noah zuckte mit den Schultern und steckte die Hände in die Taschen seines Mantels. Sie schien nicht besonders begeistert zu sein, ihn zu sehen. „Es ist kein Geheimnis, dass deine Eltern ganz in der Nähe der Designfabrik wohnen. Und du hast selbst gesagt, dass du gerade bei ihnen zu Besuch bist. Also wollen wir los? Keine Sorge, es wird dir gefallen", fügte er schnell hinzu, bevor sie ihn eine Abfuhr geben konnte. „Aber zieh dir etwas Warmes an."

Schweigend sah Jade ihn an und sein Herzschlag setzte kurz aus. Die Stille reichte aus, um ein nervöses Kribbeln in seinem Magen auszulösen. *Bin ich gestern zu forsch gewesen und habe sie verschreckt?* Er konnte sich ja selbst nicht erklären, warum ihm ein Treffen mit ihr so wichtig war. Doch er bekam sie einfach nicht mehr aus dem Kopf.

Sie nickte und griff nach den Winterstiefeln neben der Tür. Erleichtert atmete er auf. Er sah ihr zu, wie sie in ihren Mantel schlüpfte und Schal und Mütze aus einem Korb holte. Als sie fertig war, griff sie nach ihrem Rucksack und er trat zur Seite, damit sie das Haus verlassen konnte.

„Also, was hast du vor? Du weißt, ich muss um 14.00 Uhr wieder in der Back- und Bastelstube sein."

„Keine Sorge, ich bringe dich pünktlich hin." Er deutete auf den Schlitten, der in der Einfahrt stand.

„Eine Kutschfahrt, ist das dein Ernst?" Er sah das Leuchten in ihren Augen. „Ich kann mich an das letzte Mal kaum noch erinnern."

Sie ging auf die beiden schwarzen Pferde zu. Der Schnee knirschte unter seinen Stiefeln, als er ihr lächelnd folgte. „Es freut mich, dass dir meine Idee gefällt."

Sie erwiderte sein Lächeln und strich eines der Tiere über die Mähne. „Ich liebe Pferde. Ich bin früher sogar selbst geritten, aber im Moment fehlt mir die Zeit. Sind das eure?"

Er nickte. „Das sind Saphir und Raven, sie gehören zur Noriker-Zucht meiner Eltern." Er strich Raven liebevoll über den Rücken. „Die beiden gehören zu unseren besten Zugpferden. Also bist du dabei?"

Er machte eine galante Handbewegung. Lachend ergriff Jade seine Hand und kletterte auf den Schlitten. Er rutschte neben sie und breitete eine Decke über ihre Beine aus. Dann nahm er die Zügel in die Hand, löste die Bremse und schnalzte mit der Zunge. Sofort setzten sich die Pferde in Bewegung.

Gemächlich trabten die Pferde durch den Schnee, der unter ihren Hufen hochwirbelte, und schneebedeckte Bäume zogen an sie vorbei. Jade liebte es. Auch wenn die kühle Luft ihre Wangen langsam rot färbte und sie frösteln ließ.

Sie zog ihren Schal dichter um ihren Hals.

„Ist dir kalt?"

Noah griff nach einer Tasche, die vor ihnen auf dem Boden lag, und holte eine Thermoskanne und zwei Becher heraus. Er goss eine dunkle, noch dampfende Flüssigkeit hinein und reichte ihr einen Becher.

Dankbar nahm sie sie entgegen. Er hatte wirklich an alles gedacht. Vorsichtig trank sie einen Schluck. „Das ist ja heiße Schokolade!" Überrascht hob sie die Brauen.

Seine Lippen zuckten. „Glaub mir, die wärmt bei solchen Temperaturen viel besser als Kaffee."

Sie betrachtete ihn eindringlich. Irgendwie war er ganz anders, als sie ihn sich vorgestellt hatte. „Dann machst du solche Schlittenfahrten öfter?"

„Seit ich in Darmstadt lebe nicht mehr. Aber meine Eltern hoffen, dass ich zurück nach Österreich ziehe. Besonders jetzt, wo Kathy und die Kinder wieder zurück nach Hause gezogen sind."

Sie nahm einen weiteren Schluck. „Aber du hast doch bestimmt einen Job."

„Sicher. Ich arbeite als Programmierer für eine internationale IT-Firma. Das könnte ich aber auch von hier aus machen. Leider ist meine Familie ziemlich aufdringlich. Als ich im Sommer etwas länger hier war, haben meine Schwestern ständig versucht, mich mit einer ihrer Freundinnen zu verkuppeln."

„Wirklich?" Sie lachte auf. „Wie viele Schwestern hast du?"

„Zu viele!"

Sie legte ihren Kopf schräg und sah ihn erwartungsvoll an.

„Vier", antwortete er schließlich. „Kathy ist zwei Jahre älter als ich und die beiden anderen sind etwas jünger. Du hast zwei Brüder, nicht wahr? Zwillinge, wenn ich mich richtig erinnere. Sie waren im Jahrgang über mir."

„Stimmt. Und sie können genauso nervig sein. Besonders Joel kommt oft auf die dümmsten Ideen. Kaum zu glauben, dass er inzwischen verheiratet ist und Kinder hat. Trotzdem fehlen sie mir, wenn ich in Heidelberg bin. Besonders jetzt so kurz vor Weihnachten. Deshalb fahre ich gerade ständig hin und her, um wenigstens an den Wochenenden hier zu sein. Zum Glück beginnen meine Semesterferien bald."

23 Dezember

*N*oah lenkte den Schlitten auf einen kurzen breiten Weg, der wie eine Allee zu beiden Seiten von bunt geschmückten Bäumen gesäumt war. Am Ende erreichten sie ein Rondell, in dessen Mitte eine Pferdeskulptur stand.

„Wo sind wir?", fragte Jade verwundert und sah sich um, während sie das leicht rustikale, sandsteinfarbige Haus betrachtete, das eher wie ein Chalet wirkte. Links und rechts daneben befanden sich mehrere kleine einstöckige Gebäude aus Stein, mit vielen kleinen Fenstern.

„Das ist das Gestüt meiner Eltern. Wir haben ja

noch etwas Zeit, bis du zum Weihnachtsmarkt musst. Daher wollte ich dir noch unsere anderen Tiere zeigen."

Noah lenkte den Schlitten nach rechts und brachte die Pferde vor einem der kleineren Steingebäude zum Stehen. Niemand war zu sehen. Der ganze Ort wirkte wie ausgestorben. Er sprang hinunter und ging auf die andere Seite, um ihr hinunter zu helfen. „Kommst du mit?"

Für einen Moment zögerte sie. Sie kannte ihn kaum. Woher sollte sie wissen, dass er nicht irgendwelche Hintergedanken hatte? Im gleichen Moment wurde ihr aber klar, wie lächerlich ihr Zögern war. Sie waren eine ganze Weile allein unterwegs gewesen und er hatte nicht einmal versucht, sie zu berühren. Von dem kurzen Moment als er ihr in den Schlitten geholfen hatte einmal abgesehen. Warum sollte er ausgerechnet jetzt irgendetwas versuchen.

Sie folgte ihm in das Gebäude. Das Wiehern der Pferde empfing sie und es roch nach frischem Stroh. „Ist das schön hier!" Dank der vielen Fenster wirkte der große Raum hell und gemütlich. Lächelnd ging sie weiter in den Stall hinein und sah sich neugierig um. In jeder der 10 großen Boxen stand ein Pferd, das zu ihnen hinübersah.

„Hier sind unsere trächtigen Stuten untergebracht", begann Noah zu berichten. „Im Frühjahr werden ihre Fohlen kommen." Er ging auf eines der schwarzen

Pferde zu. „Das hier ist Noana. Für sie ist es das erste Mal. Kaum zu glauben. Ich war damals bei ihrer Geburt dabei", fügte er seufzend hinzu. „Jetzt wird sie selbst Mutter."

„Du bist gerne hier." Sie stellte sich neben ihn und streichelte über Naonas Mähne. „Hast du nie daran gedacht, hier zu arbeiten?"

„Sicher. Ich habe nach der Schule sogar eine Ausbildung zum Pferdewirt gemacht. Doch ich habe sehr schnell gemerkt, dass es nicht das Richtige für mich ist. Ja, ich liebe Pferde und kümmere mich auch gerne um sie. Aber meinen Computer liebe ich noch mehr." Seine Lippen zuckten. „Daher habe ich nebenbei im Fernstudium meinen Bachelor in Informatik gemacht und bin dann in diesem Bereich hängen geblieben."

„Was deiner Familie bestimmt nicht besonders gut gefallen haben dürfte."

„Stimmt." Er wandte sich ihr zu. „Sprichst du etwa aus Erfahrung?"

Sie zuckte die Schultern. „Bei mir war es nicht schlimm. Aber einer meiner Brüder ist mit unserem Vater ziemlich aneinandergeraten, weil er lieber Kunst studieren wollte, statt Modedesign. Aber Ende hat Joel zwar nachgegeben, doch die beiden haben jahrelang kaum miteinander gesprochen."

Noah ließ Jade nicht aus den Augen, während sie immer wieder mit einer Hand über Naonas Mähne fuhr. Das alles kam ihm nur zu vertraut vor. Nur dass es in seinem Fall sein Vater gewesen war, der am Ende eingelenkt hatte. „Studierst du deshalb in Deutschland?"

„Was?" Sie hielt mitten in der Bewegung inne und sah ihn an. „Nein. Mein Vater war nicht so dumm, diesen Fehler bei mir zu wiederholen. Ich bin nach Heidelberg gegangen, weil die Uni dort zu den Besten im Fachbereich Medizin gehört."

„Wow", er sah sie mit großen Augen an. „Dort fürs Medizinstudium angenommen zu werden war bestimmt nicht leicht."

„Ja, das kannst du laut sagen." Sie ging weiter und sah sich die anderen Pferde an. „Die letzten beiden Jahre vor dem Abitur habe ich gefühlt nur in der Bibliothek verbracht. Das ist jetzt nicht anders", fügte sie belustigt hinzu. „Zum Glück habe ich ein fotografisches Gedächtnis und vergesse kaum etwas, was ich einmal gelesen habe."

Pfeifend folgte er ihr. „Nicht schlecht, das hätte ich während meines Studiums auch gut gebrauchen können."

Jade musste schmunzeln. Bevor sie aber etwas erwidern konnte, wechselte Noah das Thema.

„Möchtest du auch noch unsere Fohlen sehen?" Er sah auf seine Uhr. „Eine halbe Stunde haben wir noch, bevor wir uns wieder auf den Weg machen sollten."

Sie blieb stehen und strahlte ihn an. „Gerne."

Gemeinsam verließen sie den Stall auf der Rückseite und folgten dem verschneiten Weg zu einem kleinen Gebäude, das sie vorher noch nicht gesehen hatte.

„Wieso ist hier eigentlich niemand?" Sie sah sich prüfend um. „Habt ihr keine Mitarbeiter?"

Seine Lippen zuckten. „Hast du Angst, mit mir alleine zu sein?" Er öffnete die Holztür und ging ein Stück zur Seite, damit sie eintreten konnte.

Direkt vor ihm blieb sie stehen. „Sollte ich?" Prüfend sah sie ihn an. Sein belustigter Blick reichte aus, um ein Kribbeln in ihrem Magen auszulösen, das sich bis in ihre Gliedmaßen ausbreitete und die Kälte vertrieb. Er ließ die Tür los und zog sie zu sich. Wie wild begann ihr Herz zu pochen, doch sie wehrte sich nicht. Im nächsten Moment spürte sie seine Lippen auf ihren Mund. Zaghaft und behutsam zuerst, als wollte er testen, wie sie auf seine Berührung reagierte. Dann wurde sein Kuss intensiver und er drängte sie gegen die Wand.

Sie keuchte auf, und ihre ganze Haut begann zu kribbeln. Der Kuss war nicht zu vergleichen mit denen ihrer Exfreunde. Keiner von ihnen hatte je solche heftigen Reaktionen in ihr ausgelöst. Sie stellte sich auf die Zehenspitzen und schlang ihm die Arme um den Hals. Ein kleiner Teil in ihrem Hinterkopf sagte ihr, dass dies keine gute Idee war. Doch sie drängte alle Zweifel zurück. Es fühlte sich einfach zu gut an.

Das Bellen eines Hundes war zu hören und brachte Noah in die Realität zurück. Sofort löste er sich von Jade. *Was habe ich nur getan?* Die ganze Zeit hatte er sich bemüht, Abstand zu ihr zu halten, um sie nicht zu verschrecken. Er hatte sich sogar jeden Gedanken an ihre vollen Lippen und ihren herzförmigen Po verboten, der jetzt unter ihrem Mantel verborgen war. Trotzdem hatte er sie gerade geküsst. *Warum musste sie mich auch mit solch einem Blick ansehen?*

„Es tut mir leid", stammelte er und ging ein paar Schritte zurück. Er konnte seinen Blick aber nicht von ihr lösen. Ihre Lippen waren geschwollen, ihre Wangen hatten eine leichte Röte angenommen, und ihr Atem bildete kleine Wolken in der kalten Luft.

„Das wollte ich nicht", fügte er hinzu, als sie weiter schwieg.

„Du wolltest mich nicht küssen?" Ihre Stimme klang heiser und sie runzelte die Stirn.

„Doch schon", gab er zu und schob seine Hände in die Taschen seines Mantels, bevor er das tat, was er eigentlich tun wollte. Sie wieder an sich ziehen. „Aber nicht so. Ich wollte dir Zeit geben, dich an mich zu gewöhnen. Es war nicht zu übersehen, dass du diesen Ausflug lieber abgesagt hättest."

„Ich …"

„Lass uns die Sache doch einfach vergessen", fiel er ihr ins Wort. „Ich zeige dir schnell die Fohlen und dann fahre ich dich zum Weihnachtsmarkt." Er ging zur Tür und öffnete sie wieder.

Jade blieb stehen, ein Seufzer entfuhr ihm. Er hatte es vermasselt. Noch bevor das mit ihnen richtig angefangen hatte. Am liebsten hätte er sich selbst einen Tritt versetzt.

„Kuss mich nochmal."

Nur langsam drangen ihre Worte zu ihm durch und er sah sie ungläubig an. „Was?"

Ihre Lippen zuckten. „Mir tut es nicht leid. Ich bin froh, dass ich nicht gekniffen habe. Es war ein wunderschöner Vormittag und ich würde ihn gerne wiederholen."

Er spürte, wie sein Herzschlag sich beschleunigte. Nie hätte er erwartet, diese Worte aus ihrem Mund zu hören. Jedenfalls nicht so schnell. Er ließ seine Hand sinken und die Tür fiel mit einem lauten Knall ins Schloss. Mit einer einzigen Bewegung überbrückte er den Abstand zwischen ihnen und zog sie wieder an sich. Dann drückte er seine Lippen auf ihren Mund.

Flammen tanzen im Kamin

24 Dezember

Sophie nahm sich ein Stück Orange vom Teller und lehnte sich an ihren Verlobten. Ein Feuer knisterte im Kamin und tauchte das Zimmer in ein warmes Licht. *Ihr eigenes Zuhause.* Genüsslich biss sie in die leichtsäuerliche Frucht. Was für ein tolles Gefühl. Es war das erste Weihnachtsfest, das sie hier in ihrem neuen Haus verbrachten. *Und das Letzte nur zu zweit*, fügte sie in Gedanken hinzu, während sie sich mit einer Hand über ihren leicht gewölbten Bauch strich. Ein Seufzer entfuhr ihr. Es war kaum zu glauben, wie sehr sich ihr Leben in den letzten Monaten verändert hatte.

„Bereust du es, dass wir nicht nach Judenburg gefahren sind?" Mario zog sie dichter an sich und legte eine Hand auf ihren Bauch. „Wir können noch hinfahren. Dann wären wir zum Abendessen da."

„Ich bin genau da, wo ich sein möchte."

Sie schmiegte sich in seine Arme.

„Aber ein Picknick allein vor dem Kamin ist bestimmt nicht das, was du sonst zu Weihnachten gewohnt bist."

Sie lachte auf. „Weißt du eigentlich, wie schön es ist, einmal ein ruhiges Weihnachtsfest zu verbringen? Ich komme aus einer Großfamilie. An Heiligabend ging es bei uns immer laut und chaotisch zu. Keine Ahnung, warum Tante Melanie sich das in diesem Jahr freiwillig aufgehalst hat."

„Wieso hast du die Einladung dann nicht gleich abgelehnt?"

„Ich liebe meine chaotische Familie. Was nicht heißt, dass ich mir nicht auch mal ein gemütliches Weihnachtsfest ohne streitende Geschwister und Kindergeschrei wünsche, denn davon haben wir schon bald mehr als genug."

„Das stört mich nicht." Sie spürte sein Gesicht an ihrer Schläfe. „Ich freue mich auf Junior. Ist das nicht verrückt? Bevor ich dir begegnet bin, haben Kinder für mich überhaupt keine Rolle gespielt. Im Gegenteil. Nach meiner verkorksten Kindheit wollte ich nie Vater werden. Ich hatte zu viel Angst, alles falsch zu ma-

187

chen. Das habe ich immer noch", gab er leise zu.

Sie löste sich aus seiner Umarmung und drehte sich zu ihm um. „Niemand macht immer alles richtig. Wir werden beide Fehler machen. Wichtig ist nur, dass wir für unsere Kinder da sind. Außerdem wirst du bestimmt ein toller Vater. Ich sehe doch, wie du mit deinem Neffen umgehst. Zur Not wohnen deine Eltern gleich nebenan."

„Ich hoffe, du bist immer noch so glücklich darüber, wenn sie jeden Tag zu uns rüber kommen, sobald das Baby da ist. Mein Vater hat sogar schon vorgeschlagen, den Zaun im Garten rauszunehmen, um unsere Gartenbereiche miteinander zu verbinden."

„Das kommt mir bekannt vor." Ihre Lippen zuckten. „Deine Mutter hat so etwas erwähnt, als wir am Sonntag zum Kaffee bei ihnen waren. Für mich wäre das kein Problem. Ich mag die beiden."

Lachend zog Mario sie an sich. „Meine Eltern lieben dich auch."

Er drückte ihr einen Kuss auf die Stirn und ihr Herzschlag beschleunigte sich. Seine kurze Berührung reichte aus, in ihr den Wunsch zu wecken, Arme und Beine um ihn zu schlingen und den restlichen Abend gemeinsam im Bett zu verbringen. Sie presste sich dichter an ihn und schob eine Hand unter seinen Pullover.

„Was soll das denn werden?"

Die Türklingel ertönte, bevor sie Zeit hatte zu antworten. Sie runzelte die Stirn und sah ihn fragend an. „Erwartest du jemanden?"

Er schüttelte den Kopf, löste sich von ihr und stand auf. „Ich schau mal nach. Rühr dich nicht von der Stelle, ich bin gleich zurück."

Mario wartete nicht auf eine Antwort, sondern eilte zur Eingangstür. Wer immer es war, er hoffte, er konnte ihn schnell abwimmeln. Denn dieser Abend schien sich in eine Richtung zu entwickeln, für die er keine Besucher brauchte.

Er öffnete die Tür und erstarrte, als er seinen Vater vor sich stehen sah. „Ben, was machst du denn hier?" Eigentlich hatten sie sich erst für den zweiten Weihnachtstag verabredet. „Ist was passiert? Kerstin, hey", fügte er hinzu, als er seine Mutter entdeckte, die mit einer großen Tüte in der Hand auf sie zukam. Er runzelte die Stirn. Was war hier los?

„Hallo Junge." Sein Vater umarmte ihn kurz und drängte sich an ihn vorbei. „Lisa hat uns erzählt, dass ihr nun doch zu Hause bleibt. Da haben wir uns gedacht, wir kommen rüber, damit ihr nicht alleine feiern müsst."

„Das ist toll", erwiderte er und zwang sich zu einem Lächeln. *Wieso habe ich nicht die Klappe gehalten? Das war's mit unserem romantischen Weih-*

nachtsfest zu zweit. Er küsste seine Mutter auf die Wange, als sie vor ihm stehen blieb, und nahm ihr die Tüte ab, die voller Geschenke war. „Ist das nicht ein bisschen übertrieben? Was habt ihr denn alles gekauft?"

„Oh, darin sind auch die Geschenke für Lisa und Fabian", berichtete seine Mutter vergnügt. „Die beiden müssten gleich hier sein."

Ungläubig sah er zwischen seinen Eltern hin und her. *Das kann nicht ihr Ernst sein.*

„Ich stelle sie unter den Weihnachtsbaum." Sein Vater nahm ihm die Tüte aus der Hand. „Ihr habt doch einen?" Er wartete nicht auf eine Antwort, sondern machte sich auf den Weg zum Wohnzimmer.

Fassungslos starrte er ihm hinterher. Das konnte doch alles nicht wahr sein.

„Ich hoffe, wir stören nicht. Wir dachten nur, es wäre eine schöne Idee, in diesem Jahr Weihnachten zusammen zu feiern. Das haben wir schon lange nicht mehr gemacht."

Er wandte sich seiner Mutter zu und sah die Hoffnung in ihren Augen. Schuldgefühle stiegen in ihm hoch. Viel zu lange hatte er sich von ihnen abgekapselt, besonders zur Weihnachtszeit. Dabei hatten sie ihn immer wie ein Mitglied ihrer Familie behandelt, seit er als Teenager von ihnen aufgenommen worden war.

„Ihr stört nicht." Er zog sie an sich und küsste sie

auf die Stirn. „Lass uns ins Wohnzimmer gehen."

Lächelnd hackte sich seine Mutter bei ihm unter und ließ sich den Flur entlang führen. Wärme erfüllte sein Herz. *Sophie wird es verstehen.* Da war er sich sicher. Sie war ein Familienmensch, anders als er, für lange Zeit. Gemeinsam würden sie eine wunderschöne Zeit zusammen verbringen.

Ihre eigene kleine Feier konnten sie später weiterführen. Vorzugsweise im Bett, mit Kerzenschein und leiser Musik. Oder auf einer Decke vor dem Kamin, wo für sie in diesem Haus alles angefangen hatte.

FARMER
Stammbaum

Carlos ∞ Melanie (geb. Baker)

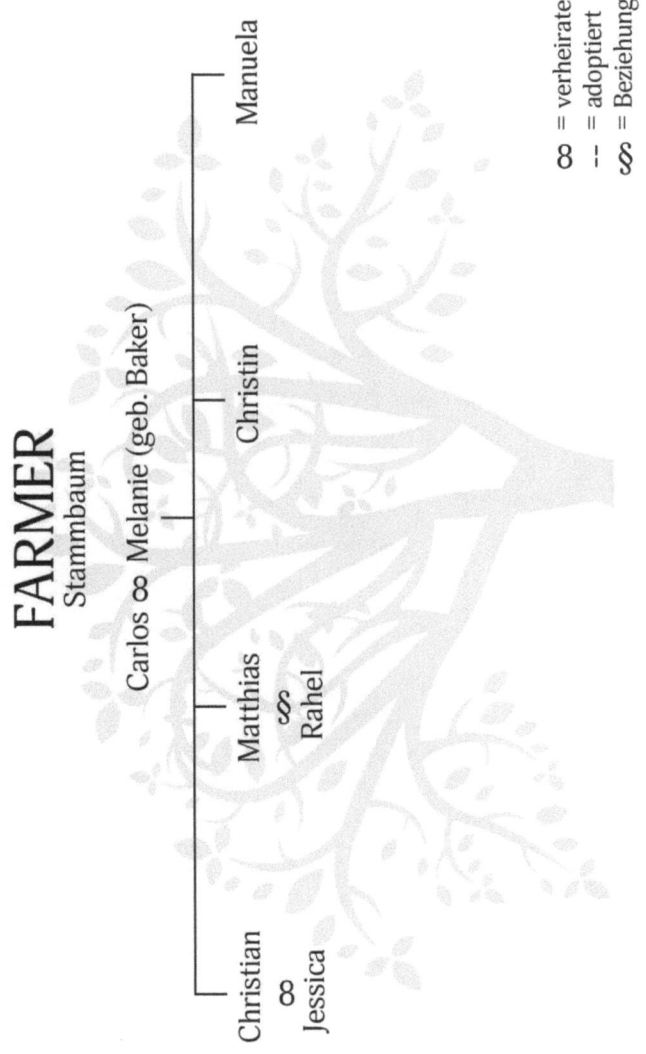

Christian
δ
Jessica

Matthias
§
Rahel

Christin

Manuela

δ = verheiratet
-- = adoptiert
§ = Beziehung

Designer
Stammbaum

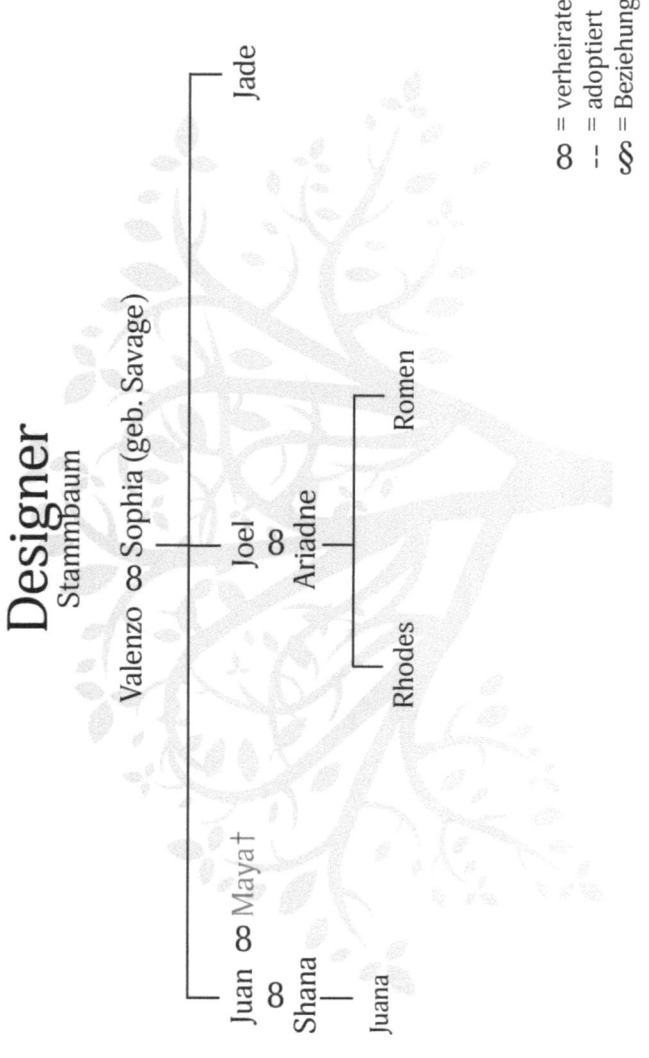

Valenzo ∞ Sophia (geb. Savage)

Jade

Joel
∞
Ariadne

Rhodes   Romen

Juan ∞ Maya†
∞
Shana

Juana

∞ = verheiratet
-- = adoptiert
§ = Beziehung

Verkäufer
Stammbaum

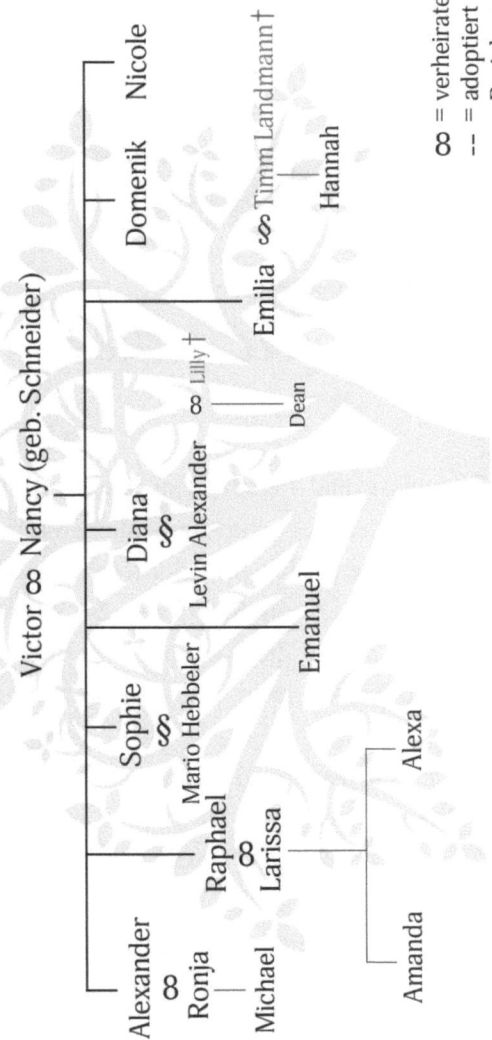

Victor ∞ Nancy (geb. Schneider)

Alexander — Sophie — Diana — Domenik — Nicole

Alexander
∞
Ronja

Michael

Raphael
∞
Larissa

Sophie
§
Mario Hebbeler

Emanuel

Diana
§
Levin Alexander

∞ Lilly †

Dean

Emilia ∞ Timm Landmann †

Hannah

Amanda   Alexa

∞ = verheiratet
-- = adoptiert
§ = Beziehung

Nachwort

Alle Ereignisse und Personen in diesen Geschichten sind frei erfunden. Jegliche Ähnlichkeiten mit tatsächlichen Ereignissen, lebenden oder toten Personen sind rein zufällig. Doch ich hoffe, die **24 winterlichen Geschichten** haben dich beim Lesen berührt und konnten dich in Weihnachtsstimmung versetzen.

Du hast einen Verbesserungsvorschlag für meine Geschichten?

Schreibe mir gerne eine E-Mail:
info@isabella-defano.com oder kontaktiere mich bei Fragen.

Besuche mich auf meiner Website:
www.isabella-defano.com.

Dort findest du Informationen zu den anderen Büchern meiner „de-Luca-Clan" – Reihe sowie weitere Details zu meinen Geschichten.

Abonniere meinen Newsletter. So erhältst du in regelmäßigen Abständen Informationen zu neuen Büchern und Gratis-Kurzgeschichten.

Noch eine große Bitte an dich!

Haben dir die Geschichten gefallen? Dann würde ich mich über eine **Rezension** von dir freuen. Rezensionen helfen Autoren im Selfpublishing enorm weiter. Das geht zum Beispiel über **LovelyBooks** oder über **Amazon.**

Falls du mit mir über die sozialen Medien in Kontakt bleiben möchtest, dann freue ich mich, dich auf Instagram begrüßen zu dürfen. Du findest mich hier:

https://www.instagram.com/autorin.isabella.defano/

Liebe Grüße und ein schönes Weihnachtsfest, deine

Isabella Defano

Weitere Bücher

- Band 1: Gesucht! Vater mit Herz
- Band 2: Verführt! Ein Model für Alex
- Band 3: Gefunden! Ein Traumprinz für Jessica
- Band 4: Verzaubert! Ein Kunstwerk aus Zahlen
- Band 5: Geliebt! Ein Stern für Juan
- Band 6: Vergnügt! Ein Treffen in den Wolken
- Band 7: Gefangen! Ein Geheimnis mit Folgen
- Band 8: Verblüfft! Rote Rosen für Diana
- Band 9: Geplant! Eine Zusammenarbeit mit Herz

Alle Romane der Reihe sind in sich abgeschlossen und können in beliebiger Reihenfolge gelesen werden.

Über die Autorin

Isabella Defano, eigentlich Isabell Delf, ist eine deutsche Autorin von Liebesromanen, die 1984 in Brandenburg geboren wurde, und ihre Werke in Eigenregie veröffentlicht.

Schon als Kind hat sie gerne gelesen oder sich eigene Geschichten ausgedacht. Damit sich auch andere an ihren Werken erfreuen können, wagte sie 2014, mit ihrem ersten Buch „Gesucht! Vater mit Herz", den Schritt zum Selfpublishing, und sie hat diese Entscheidung nie bereut. Denn mit ihrer New Adult Buchreihe „der de- Luca-Clan" erschuf sie als Isabella Defano eine spannende Welt, die einen berührte, mit einer guten Portion Drama und Humor.

Neben ihrer Berufung als Autorin arbeitet Isabella Defano noch hauptberuflich als medizinisch technische Laborassistentin in Potsdam. Doch auch wenn es nicht immer einfach ist, Haupt- und Nebenberuf unter einem Hut zu bekommen, möchte sie mit dem Schreiben nicht mehr aufhören.

Danksagung

Vielen Dank, liebe Leserin, lieber Leser! Für dich habe ich dieses Adventskalenderbuch geschrieben, und ich hoffe, du wurdest nicht enttäuscht. Ich freue mich schon auf unsere nächste Lesereise.

Vielen Dank für das tolle Lektorat und die Korrektur, B. Dörzbach. Die vielen Hinweise und Tipps waren sehr hilfreich und haben meine Geschichten so viel besser gemacht.

Herzlichen Dank auch an Grit Bombauer für ihre Kreativität beim Coverdesign.

Des Weiteren möchte ich allen Menschen danken, die mich beim Schreiben unterstützt haben.

Erweitertes Impressum

Isabella Defano
c/o Gwendolyn Wynter Autorenimpressum
An der Alten Burg 5
64367 Mühltal

Kontakt:
info@isabella-defano.com
Homepage:
www.isabella-defano.com